KB143095

예, 여기 있습니다

예, 여기 있습니다

곽경옥 수필집

학이사

시간의 단편을 엮어보고 싶었다

아이가 태어나서 처음으로 학교에 입학 하던 날이 기억난다. 담임 선생님은 아이의 이름 한 번 부르고 얼굴을 한 번 쳐다본다. 선생님과 눈이 마주친 아이는 연습한 적 없어도 큰 소리로 "예" 하며 힘껏 대답한다. 선생님이 이름 한 번 불러주었을 뿐인데 아이는 신이 나고 세상을 다 가진 것 같다. 누군가 내 이름을 불러준다는 건 나를 우주의 한 존재로 받아들인다는 뜻일지도 모른다.

살다 보니 나는 원래부터 나였는데 세상에는 내가 말해주지 않으면 모르고 지나갈 또 다른 내가 있었다. 수많은 사람이 내 인생 경로 어느 한 지점에서 만나고 헤어져 갔다. 그들은 나의 시간 일부를 공유했을 뿐 나는 그곳에 머물러 있지 않았다. 말하지 않으면 모르고 지나갈 내 시간의 단편을 한 번쯤 어설프게라도 엮어보고 싶었다.

'예, 여기 있습니다.' 인생의 반환점을 돌고 난 다음, 나의 존재에 대해 내가 묻고 내가 답하는 말이다. 쉽게 쓴 책은 있어도 쉽게 산 인생이 어디 있겠는가? 이제 책 한 권에 60여 년을 살아온 내 삶을 옮겨 놓으며 세상 사람들에게 내 책이 이름 불리어지기를 희망한다.

　끝으로 내면 여정을 하는 동안 심연을 탐색하게 해준 주인공들과 수필의 맛과 멋을 가르쳐준 소진 박기옥 선생님께 감사드린다. 이제 나의 글이 누군가의 삶의 여정에 봄바람처럼 스며들어 가 밤새도록 가슴 설레게 했으면 좋겠다.

2022년 겨울

곽경옥

소망

사랑

믿음

세상 사람 다 몰라도 내 마음 알아주는
사람 있으니 그것으로 되었다. 그것으
로 충분하다.

그것으로 되었다

　　휴대폰을 확인하다 문자 메시지 하나에 그만 픽 웃고 말았다. '설 명절 대통령 선물 받으실 분'으로 선정되었다는 내용이었다. 뜬금없었다. 대통령이 나를 어떻게 알고 이런 일을 하겠는가! 이젠 스팸 문자가 이렇게도 오는구나.

　　몇 달 전에 "요즘 세상에 보이스피싱하는 놈들은 정말 날도둑 놈들이다. 남의 개인정보를 빼갔으면 데이터 분석이라도 해야지. 너무 날로 먹으려고 한다."라며 직장 선배가 흥분한 적이 있었다. 그 선배는 60세를 코앞에 둔 억울한 미혼인데 "엄마, 나 폰이 고장 나서."라고 시작하는 문자가 왔다며 기분 나빠했다. 아킬레스건을 건드린 것이다.

　　다음 날 동료들과 설 명절 보너스 이야기를 하다가 대통령 선물 문자가 생각났다. "이야! 요즘 보이스피싱이 진화하고 있더라. 이제는 청와대까지 건드린다. 대통령 설 선물이라니 너무 웃기지 않니?" 내 말에 사람들이 웃었다. "청와대 사칭 투기 사건은 진부하지만 대통령 설 선물은 신선한데요."

그러자 행정처에서 근무하는 팀장이 끼어 들었다. "어, 그거 진짜입니다. 보이스피싱 아닙니다. 청와대에서 코로나 때문에 고생한 의료인들 추천해 달라는 공문이 왔었습니다. 우리 병원에서는 선생님이 추천되었는데 선정된 분들은 문자를 보내겠다고 했습니다."

'어? 뭐라고? 왜에?' 순간 여러 가지 생각들이 휙 지나갔다. 엄마가 몰래 주던 사탕을 동생들에게 들켜버린 것 같은 마음이 들었다. 병원에 근무하는 사람치고 코로나 때문에 고생하는 사람이 어디 나뿐이겠는가! 마음 놓고 기뻐할 수도 없는 판이었다. 며칠 뒤에는 우체국에서 문자 한 통이 왔다. 택배 받을 주소지를 묻는 문자가 갈 테니 꼭 확인해 달라는 내용이었다. 이로 미루어 보아 스팸 문자로 취급하는 사람들이 몇몇 있기는 있었나 보다.

구정을 며칠 앞둔 날, 청와대 봉황 문양이 새겨진 택배가 문 앞에 떡하니 기다리고 있었다. 가족들이 난리가 났다. 거의 한 시간 동안 뜯지도 않고 이리 보고 저리 보고 세워보고 눕혀보고 폰으로 찍어 확대도 해봤다. 남편은 이런 건 대를 이어서 봐야 하는 거니까 박스째로 박제를 해 놓자고도 했다. 나도 SNS에 올려 자랑질 할 작정으로 각을 맞추느라 또 선물 상자를 몇 바퀴나 굴렸다. 뭐가 들어있을까? 차마 이 귀한 걸 뜯어볼 수가 없었다. 시원한 곳에 보관하라는 걸로 봐서 먹는 게 들어있나 보다. 굴러다니는 소리가 나는데 이건 또 뭐지? 추측이 난무하는 가운데 손 빠른 딸이 얼른 휴대폰으로 '청와대 선물'을 검색했다.

아뿔싸! 당근 마켓에서 청와대 선물이 22만 원에서 25만 원대로 거래되고 있었다. 아니, 이 귀한 걸 내다 팔다니! 그냥 선물도 아니고 청와대에서 보내준 선물인데! 내게는 돈을 주고도 살 수 없는 어떤 가치가 담겨있는 것인데, 좀 혼란스러웠다. 그동안 나의 수고가 덤으로 팔리는 것 같았다.

인터넷에서 '청와대 선물'이란 키워드에 딸려오는 글 하나가 눈에 띄었다. 일본 대사는 포장지가 독도 사진이어서 반송시켰다는 글이다. 내 눈에는 애국가에 나오는 일출 사진일 뿐인데 그들 눈에는 독도만 보였나 보다. 포장지도 포장지이지만 반송시켰다는 것도 예사로운 일은 아니었다. 청와대의 반응은 무반응이다. 무반응이 반응이었다.

선물을 주고받는 의미는 서로 같을 수도 있고 다를 수도 있다. 주는 사람의 손을 떠나 받는 사람의 손에 들어갈 때 마음이란 게 따라온다. 그러고 보면 선물이란 말은 명사가 아니라 동사 같다. 선물은 마음을 움직이게 한다. 내게 온 선물은 '인정認定'이 따라온 것 같았다. 그동안 나의 수고를 직장에서 인정認定해 주었다는 뜻이다. 그것으로 되었다. 포장을 뜯어 보지 않아도 충분했다. 내일 출근할 때 병원 대표로 받은 거니까 인사도 드리고 대통령께도 편지 한 통 보내드려야 할 것 같았다. 마음이 급해졌다.

어느 해 연말에 대통령께서 페이스북에 글을 남기신 적이 있었다. 코로나의 중심에서 의사들은 장기간 파업을 했고 그 공백을 메우며 사투를 벌이고 있는 간호사들을 격려한다는 내용이었다. 그 뒤에 엄청 시끄러웠다. 대통령의 그 말은 대통령이기 때문에 격려가 아니라 의사와 간호사 편 가르기라고 했다. SNS에서는 비난 댓글이 폭주했다. 코로나 환자들이 격리된 병실에서 간호사들이 24시간 동안 어떤 일을 하는지 무엇을 하는지 그들은 아예 관심조차 없어 보였다. 정작 편을 갈라놓은 건 그렇게 말하고 있는 그들인 것 같았다. 어렸을 때부터 전쟁 대신 평화를 이루려면 무기 말고 대화로 해결해야 한다고 배웠다. 근데 말 한마디 때문에 핵전쟁을 일으킬 수도 있겠구나 하는 생각도 들었다. 언제는 간호사를 '코로나 영웅! 코로나 천사!'라고 하며 빠져나올 수 없는 수렁으로 밀어 넣더니 이제는 정치 놀이판에서 놀이 도구로 써먹고 있었다.

자랑질을 좀 더 길게 즐기기로 했다. 직장에서는 동료들에게 좀 미안한 감도 없지 않아 번외 자랑질을 즐기기로 했다. 자랑은 사람이 많아야 제맛이다! 우리 식구들만 보기에는 너무 아까웠다. 설 명절을 기다렸다. 하필 울진 시댁에는 팔 남매가 동서남북에서 다 모이니 위험할 것 같다며 다음으로 미루자고 연락이 왔다. 그렇다면 내게는 친정이 있지. 엄마, 아버지는 언제나 어떠한 순간에도 우리를 기다려주시고 반겨주신다. 다 모이면 열대여섯 명 정도가 될 것이다. 그때가 개봉 디데이다. 그동안 베란다의 그늘에 고이 모셔놓았다. 오며 보고 가면서 또 보고, 볼 때마다 인삼 한 뿌리씩 먹은 것같이 심박수가 뛰었다.

드디어 설이 되어 어깨를 쫙 펴고 친정집으로 들어갔다. 이미 가족 단체 카톡방에 예고편을 보내 놓은 뒤라 가자마자 선물 해체식부터 경건하게 시작했다. 아이들은 이런 걸 언박싱이라고 한다며 개봉 과정을 동영상으로 찍어야 된다고 했다. 나도 이 정도 호들갑을 떨어야 청와대 선물에 대한 예의라고 생각했다. 마치 흥부네가 박을 타는 것처럼 기대와 흥분이 생중계되었다. 모두 지방 특산품 구성 세트였는데, 비싸 보이거나 화려하지는 않아도 박스에 딱 누워있는 모습이 품위가 있어 보였다. 그 지역에서 나오는 최고의 특산품이라 한 땀 한 땀 농부의 정성까지 느껴졌다. 내가 존중받은 느낌이다. 가족들의 부러움은 나의 자존감을 높여주었다. 음, 이 맛이지!

아이들 틈에 앉아계시던 아버지께서 앞으로 당겨앉으셨다. "이 귀한 걸 우리 홍 서방이 받았구나!" 홍 서방 얼굴이 벌게졌다. "장인어른! 제가 아니고 지수 엄마가 받은 겁니다." 엄마가 얼른 아버지 귀 옆에다 대고 "아이고, 이 양반아. 사위가 아니라 당신 딸이 받은 거라고 안 합니까?"

"어허, 그래!" 잠시 민망해하시면서 찬찬히 하나하나 꺼내 보시고 대통령 편지도 읽어 보시던 아버지께서 혼잣말씀을 나지막하게 하셨다. "음, 우리 딸이 얼마나 고생을 했으면 이런 걸 다 받아 왔겠노." 그 말씀을 아버지 등 뒤에서 내가 들었다. 갑자기 목이 뻣뻣해졌다. 감춰진 생채기가 확 올라왔다. 가족한테는 들키고 싶지 않았던 마지막 자존심이었는데, 무장 해제되어 버렸다. 우리 아버지한테 들켜버렸다. 그 선물이 나의 피땀이라는 걸! 아, 아버지! 세상 사람 다 몰라도 내 마음 알아주는 사람 있으니 그것으로 되었다. 그것으로 충분하다. 청와대 선물보다 아버지의 그 말씀이 더 좋았다.

나를 증명하는 시간

　　열여섯이 되던 해였다. 혼자 밥도 하고 빨래도 척척했다. 부모님이 안 계실 때는 문단속도 잘했고 싸움을 해도 지고 오지는 않았다. 무엇이든 잘 해낼 자신이 있었다. "혼자 사는 거 안 무섭나?" 동네 친구들이 물었다. 엄마, 아버지가 나를 마산으로 보내줄지 안 보내줄지가 문제지 무서운 건 내 안중에는 없었다. 드디어 나는 중학교 졸업과 동시에 집에서 독립했다.

　한 해 복숭아 농사를 다 끝내 놓고 나면 우리 집에서 돈 나올 구석이라고는 없었다. 아이는 넷인데 돈 버는 사람이 아무도 없었기에 고등학교도 장학생이 되지 않으면 가는 걸 엄두도 못 냈다. 마산으로 유학까지 가겠다는 건 아무래도 답이 안 나오는 생떼였다. 유학을 반대하는 부모님은 온갖 회유와 우회 작전을 펼쳤다. 부모님은 미처 모르는 게 있었다. 사춘기 때는 하지 말라고 하면 더 하고 싶어 한다는 사실 말이다.

중학교 1학년 때, 대구로 이사 간 친구가 여름방학에 놀러와서는 촌에서 아무리 공부를 잘해도 도시로 전학 가면 꼴찌를 면하기 어렵다고 했다. 그 말이 너무 충격적이었다. 더이상 시골에만 머물러 있어서는 안 될 것 같았다. 늘 부모님과 선생님의 칭찬 뒤에는 기대감이 숨어 있었고 나의 성과나 결과가 당연한 것이 되어가고 있었다. 그동안 칭찬이라는 감옥에 갇혀 있었던 내 영혼은 자유로워지고 싶었다. 뭐든지 잘해야만 한다는 부담감보다 내가 최선을 다한 것으로 평가받고 싶었다. 간다 못 간다 하면서 부모님의 속을 썩일 만큼 썩인 후에 드디어 마산으로 가게 되었다. 그날 엄마의 떨리는 목소리 때문에 하마터면 나도 속울음을 들킬 뻔했다.

연합고사 결과가 나왔다. 마산 성지여자고등학교에 가게 되었다. 마산은 두 번째로 가 보는 도시다. 초등학교 6학년, 군 대항 배구 대회 때 이곳 실내 체육관에 시합하러 온 적이 있었다. 3:0으로 참패했다. 배구 코치는 열이 받아서 촌놈들이 바짝 얼어서 몸도 풀기 전에 시합이 끝났다며 정신머리가 어쩌고저쩌고했다. 시합에 진 패배감보다 촌놈이라는 말에 밀려오는 수치심이 더 뼈아팠다.

그 이후로 마산은 내가 꼭 도전해서 밟고 일어서 보고 싶은 도시였다. 아무리 내가 촌놈 티를 내지 않으려고 애를 써도 얼굴색은 숨길 수가 없었다. 얼굴은 햇볕에 그을려 까맣게 빤질거렸고 손도 새까맣다. 도시 사람들은 밭에 나가 일을 안 해서 그런지 얼굴도 하얗고 손도 하얗다. 얼마나 살면 내게서 도시 냄새가 날까? 앞으로는 햇볕에 타지 않기 위해서 그늘로 다녀야겠다고 다짐했다.

예비 소집일 날 학교에 갔다. 운동장에 줄을 섰는데 누가 어디 출신인지 금방 표시가 났다. 누런 신발은 촌에서 올라온 아이들이고 시멘트색은 도시 아이들이다. 집에 와서 신발 밑창을 수세미로 빡빡 문질러도 누런색은 잘 빠져나가지 않았다. 시내에서 사는 아이들은 시멘트 바닥을 밟고 다녀서 신발 밑창도 시멘트색처럼 회색을 띠고 있었다. 신고 있는 운동화가 빨리 낡았으면 좋겠는데, 그러려면 여름방학까지 기다려야 했다. 교복을 맞추러 시내에 갔다. 마네킹이 입고 있는 세일러복을 보니 영락없는 만화 주인공이다. 첫눈에 세련되어 보이고 딱 마음에 들었다. 3년 내내 시골집에 올 때는 항상 이 교복을 입었다. 이상하게 이 세일러복만 입으면 주인공이 된 듯했다. 사람들이 쳐다보는 시선을 무심한 척 즐겼다. 돌이켜 보면 부모님과 떨어져 사는 동안, 이 교복이 나의 행동과 태도를 지켜주고 주변의 유혹으로부터 보호해 주었다. 이 교복은 나의 갑옷이었다.

이제는 먹고 자면서 학교 다닐 방이 필요했다. 학교 주변 전봇대에 붙어 있는 '방 있음' 글을 보고 그 길을 따라갔다. 도시가 한눈에 다 내려다보이는 곳에서 처음 살게 되었다. 좋은 집이란 내가 살아본 시골집이 기준이었기에 무조건 좋을 수밖에 없었다. 대문 옆에 초인종이란 게 있어서 부르지 않아도 되었고, 문을 열면 마당에 수돗가도 떡하니 있었다. 우물물을 퍼서 양말을 빨지 않아도 될 터이니 얼마나 근사한가! 담벼락 너머로 보이는 풍경도 좋았다. 저 멀리에는 바다가 보이고 지척에는 우리 학교가 우뚝 솟아있다. 저 학교가 내가 다닐 학교라는 게 자랑스러웠고 나 자신도 자랑스러웠다. 산동네라지만 학교에 갈 때도 골목길을 한참 내려가도 내리막이니 힘들 것도 없었고, 올라올 때는 산에 나무하러 갈 때보다 훨씬 편한 길이었다. 흙을 밟지 않아서 좋기만 했다.

첫날 밤, 내 일기 제목은 '도시의 밤'이었다. 시골 동네는 골목에 가로등이 듬성듬성 있어서 밤길 다닐 때는 무서웠는데 이곳은 밤이 살아 있었다. 먼 곳까지도 네온사인 때문에 번쩍번쩍 화려했다. 골목 저 아래를 내려다보면 지나가는 사람들이 다 보였다. 모두 어디에서 왔다가 어디로 가는지는 몰라도, 약속이라도 한 듯 걸음걸이가 빨랐다. 우리 동네 사람들이 걷는 속도와는 달랐다. 지각할까 봐 빨리 가는 사람들처럼 쫓기듯이 걸어갔다. 시골의 시간보다 도시의 시간이 더 빨리 지나가는 것 같았다. 앞으로 도시에서 살아가려면 빠른 걸음걸이가 필요할 것 같았다.

같은 고향에서 온 친구들을 학교에서 만났다. 다들 어디에 사는지 먼저 물어봤다. 모두 자신이 얻은 곳보다 더 싼 곳에 살게 된 나를 부러워했다. 대부분 월세방이었다. 살다 보니 사글세를 내는 친구도 있기는 있었는데, 그 친구 방에는 창문으로 햇볕이 들어왔다. 계량기도 따로 있어서 수도세, 전기세, 오물세는 자기가 쓴 만큼만 냈다. 나는 주인이 고지서를 가지고 와서 사람 수만큼 나눈 돈을 내었다. 이것 때문에 주인에게 말은 안 했지만 집을 옮긴 적도 있다. 학교에 갔다 오면 집에 있는 시간은 별로 없다. 그런데 자기네들은 종일 집에 살면서 요금은 머릿수로만 나누니 어리다고 나를 만만하게 보는 것 같았다. 친구를 데리고 오면 수도세를 더 내라고 할까 봐 주인이 듣지 못할 정도로 말소리를 낮추며 놀았는데, 그게 비밀스러운 맛이 있어서 사실 더 재미가 있었다.

자취생들 집은 대부분 대문을 열고 나서 옆쪽 귀퉁이로 들어가야 했다. 문간방이다. 해가 저물고 밤이 깊어지면 골목 끝에서부터 점점 발자국 소리가 다가온다. 다가오는 발소리는 라디오 볼륨을 높이는 것처럼 선명하게 들리다가 나의 창문 앞까지 와서는 차츰 멀어져 가고는 했다. 또각또각 뾰족구두 소리, 묵직한 구둣발 소리, 질질 끄는 슬리퍼 소리, 아기 삑삑이 신발 소리 등 신발 소리는 다양했다. 신발 주인을 상상해 보는 재미도 있었다. 일주일 정도 지나니 희한하게 발자국 소리는 그냥 지나가고 내 귀에 머물지 않게 되었다. 내 주파수는 항상 새로운 것을 모색하고 있었다.

비라도 내리는 날이면 플라스틱으로 덧대어 놓은 부엌 천장에서 후드득 빗소리가 엄청났다. 문 열고 밖에 나가 보면 소낙비인데, 소리로만 들으면 거의 폭우가 쏟아지는 수준이었다. 언젠가부터는 빗소리도 좋고 비 오는 날도 좋아했다. 바깥세상에서 나의 공간이 분리된 것 같고 빗소리가 나를 가두어 놓아서 세상에 오로지 나 혼자만 뚝 떨어져 있는 것 같았다.

　어릴 때는 비가 오면 바빴다. 비에 젖기 전에 해야 할 일이 많았기 때문이다. 마당에 있는 우물 뚜껑도 닫고 장독간에 가서 열어 놨던 장독 뚜껑도 닫으러 다녔다. 널어놓은 빨래는 바지랑대를 눕혀서 걷어야 하고 마루에 널어놓은 콩이나 참깨는 쏟아지지 않게 그대로 처마 안으로 밀어 놓아야 했다. ㄱ자 형 처마 끝에서 빗방울이 떨어지면 그 지점에 잘 맞추어 커다란 고무 대야를 갖다 놓고, 나머지 한쪽에는 세숫대야를 받쳐 놓으면 내 일은 어느 정도 끝났다. 들에 나갔던 엄마와 아버지가 비를 맞으며 들어오시면서 "아이고, 우리 딸 다 키웠네!"라고 하셨다. 이 한마디가 듣기 좋았다. 비가 한 차례씩 올 때마다 마당에 꽃도 크고 내 몸도 쑥쑥 커져만 갔다. 통에 받아 놓은 빗물로 머리도 감고 빨래도 하고 걸레도 빨았다. 빗물은 우물물보다 더 미끄러웠기 때문에 머릿결도 더 매끄러워진 것 같았다. 사람들은 이런 빗물같이 미끄러운 물을 만들어 내려고 연수기를 발명해 낸 것이 분명하다.

　도시에 내리는 비는 어디로 흘러갈까? 시멘트 바닥이라 땅으로 들어가지 못할 텐데 홍수가 나면 어떻게 되지? 도로 가로수만으로 그 아스팔트의 물을 다 빨아들일 수가 있을까? 도시에 와서 처음 비가 오던 날이었다. 마당의 빗방울을 보며 멍을 때리고 있었는데 땅에 고인 빗물이 자기보다 더 낮은 곳으로 몰려가 맨홀 구멍 속으로 빨려 들어가듯이 사라졌다. 땅 밑으로 스며드는 게 아니라 하수도를 따라 사라지는 저 빗물이 무사히 바다까지 갈 수 있을지, 비를 따라 내 마음도 흘러갔다.

해가 어둑어둑 저물 때면 여주인이 어린 아들 숙제 안 한다고 혼내고 욕하는 소리가 다 들려왔다. 어떤 때는 나보고 하는 소리 같아서 벌떡 책상에 가서 앉았다. 우리 엄마는 나보고 공부하라고 한 적은 없었다. 시험 기간에 늦도록 공부하고 있으면 한밤중에 엄마가 깨어나 "아이고, 우리 딸이 여태 공부하고 있었구나! 아이고, 장하다!" 한마디 하시고는 다시 잠에 드셨다. 이 말을 듣고 나면 으쓱해져서 더 오래 공부를 했다. 이것이 내 1등 비결이었다. 그다음 날도 시험이 끝날 때까지 책상머리 앞에 앉아 있고는 했는데, 이제는 내게 그렇게 말해 줄 사람이 아무도 없어서 조금 허전하기는 했다.

얼마 뒤에 친구들과 한 방에 둘이 사는 방법을 자연스럽게 알게 되었다. 방값을 반만 내도 되는 건 정말 엄마도 생각하지 못한 획기적인 방법이었다. 주인은 2명까지는 괜찮다고 허락했다. 그 이후부터 고등학교 졸업할 때까지 계속 누군가와 같이, 둘이 살았다. 같은 학교에 다니기만 하면 방 짝의 조건은 충족되었다. 반으로 나눴을 때, 그 방이 얼마냐가 문제였지 어떤 사람인지는 별로 중요하지 않았다. 살다가 마음에 들지 않으면 또 다른 아이를 찾아보면 될 일이었다. 어림잡아 석 달 이상씩은 같이 살았던 것 같다.

같은 중학교 출신인 경희와 같이 살 때의 일이다. 책상을 사이에 두고 쌀 포대를 나란히 두었다. 밥은 당번을 정해 번갈아 하기로 했다. 작은 컵 하나를 두고 경희 쌀 두 컵, 내 쌀 두 컵 퍼내서 밥을 했다. 그 밥으로 도시락도 쌌다. 친척 집에서 하숙하는 아이들 도시락은 자취생들과는 급이 달랐다. 우리는 월요일부터 금요일까지 반찬이 똑같았고 집에서 먹는 반찬도 똑같았는데, 그 친구들은 거의 매일 다른 반찬을 싸 오고 계란 프라이가 밥 위에 덮여 있었다. 앞뒤 서로 뒤돌아 앉아서 같이 도시락을 먹었는데 멸치볶음이나 소시지가 나올 때는 젓가락이 본능적으로 움직이지 못하게 무던히 애를 썼던 기억도 난다. 큰맘 먹고 그 아이들 반찬에 손을 대지 않았던 날은 내가 자존심을 지킨 것 같기도 했다. 다만 그 아이들이 먼저 내 밥 위에다 소시지를 한 점씩 올려줄 때는 어쩔 수 없이 먹어 줬다.

경희는 쌀이 바닥을 보일 때쯤이면 집에 가서 한 포대를 낑낑대며 들고 왔다. 벼농사를 하지 않았던 우리 집에서는 팔아 온 쌀을 퍼내서 갖고 와야 했다. 어떤 친구들은 자기가 직접 돈을 가지고 가서 팔아오기도 했지만, 우리 집은 쌀보다 더 귀한 건 돈이었기에 학교 준비물 말고 다른 건 살 생각을 못 했다. 집에 있는 쌀 포대에서 한 그릇 한 그릇 퍼낼 때마다 너무 푹푹 파이는 것 같았다. 구덩이 하나가 생겨날 때마다 내가 갖고 간 다음에 남은 네 식구는 뭐 먹지? 하는 생각이 나서 쌀통에 쌀이 적은 날은 퍼낼 수가 없었다. 경희가 물었다. "너는 쌀 안 갖고 왔니?" 그러면 이렇게 대답했다. "아, 맞다. 마루 끝에 놔두고 깜빡했다." 그리고 겸연쩍게 목소리를 낮추어 이렇게 말을 했다. "경희야, 미안한데 쌀 좀 빌려줄래!"

또 토요일이 되었다! 경희는 오전 수업을 마치자마자 집에 가져갈 반찬통을 챙기면서 "너도 내일 집에 갈 거지?" 하고 물었다. 지난주에 우리 집 쌀통을 보고 왔는데 차마 가지도 못하고, 그렇다고 안 갈 수도 없고. 병이 생길 것 같았다. 떠밀리다시피 버스에 올랐지만 그래도 집에 갈 때는 좋았다. 그렇게 가고 싶은 우리 집이었는데, 막상 대문 앞까지 도착하면 그리움은 딱 거기까지만 따라왔다.

혼자 있는 날이면 쌀통에서 쌀을 덜어낼 때 보는 사람이 아무도 없다는 사실이 나를 유혹했다. 경희 쌀 봉투에 손이 들어갔다. 한 움큼 덜어냈다. 움푹 들어낸 자리가 표시 나지 않게 표면을 고르게 폈다. 언뜻 보기에 한쪽으로 조금 치우친 듯하여 다시 조금 도로 부었다. 경희가 집에서 돌아왔다. 눈치챘을까? 나의 시선은 경희를 따라다녔다. 쌀 포대 쪽으로 신경이 쏠린다. 혹시라도 내가 말을 걸었는데 대답을 안 하면 십중팔구 눈치챈 거고, 삐친 거다.

다행히 경희가 말을 많이 한다. 무슨 말을 하는지는 중요하지 않았다. 그것으로 되었다. 경희가 팔이 빠지도록 뭘 많이 싸 들고 와서 먹을 건 충분했다. 슬그머니 일어나 방도 닦고 연탄도 대신 갈아주었다. 경희가 계속 모르고 있어야 할 텐데, 쌀 대신 이렇게라도 조금씩 갚아주고 싶었다. 도로를 건너 시장 안으로 들어가면 싸전이 있었는데 기둥에 '쌀 팝니다' 라는 표지가 있었다. 그 표지가 내 양심을 판 것을 알고 있는 것만 같아 일부러 그 길을 돌아서 다녔다.

모처럼 토요일인데 비가 왔다. 우리는 학교에 갔다 오자마자 이불 속으로 들어가 낮잠을 잤다. 그날, 친구들이 마셨다던 연탄가스를 드디어 우리도 마셨나 보다. 아무 기억이 없는데 주인집 여자가 자꾸만 날 흔들어 깨웠다. 나른했다. 동치미 한 사발을 들고 나에게 억지로 마시라고 갖다 댄다. 손으로 밀쳐 내려 했지만 팔이 움직이지 않았다. 정신을 차리고 보니 이웃집 여자 서너 명이 빙 둘러 서 있었고 누가 열어 놨는지 창문이 활짝 열려 있어서 몹시 추웠다. 무엇보다도 내가 누워 있던 자리가 흥건했다. '웬 물이지?' 했다가 얼른 이불로 덮어버렸다. 에이씨! 오줌이다. 연탄가스를 마시고 오줌 싸면 저승 문 앞이고 똥까지 싸면 영영 못 깨어난다고 했는데, 나는 저승 문 앞까지 갔던 거다. 주인집 여자가 경희의 어깨를 흔들었는데 경희의 몸이 흐물흐물하게 움직였다. 내 눈에는 꼭 뼈가 없는 것처럼 보였다. 경희도 동치미를 바가지째로 들이마시고 나서야 정신을 차렸다. 낯선 사람들이 가엾게 쳐다보고 있으니 갑자기 집 생각이 났다.

아껴 두었던 돈을 털어서 시내버스를 타고 터미널로 갔다. 속이 울렁거렸다. 창녕 가는 시외버스를 타고 한 시간 동안 달려서 읍내에서 내렸다. 아직 갈아타기가 남아있다. 우리 집으로 가는 버스는 시간을 맞추지 못하면 한 시간 넘게 기다려야 한다. 그렇

게 대합실에서 오는 사람 가는 사람 구경하다가 대구로 가는 직
행버스를 타고 가다가 무술에서 내린다. 그리고 또 20분을 걸어
서 집에 도착했다.

　해는 이미 저물었고 날은 어두웠다. 대문은 잠겨 있었지만 방
에 불은 켜져 있었다. "엄마!" 하고 부르기만 하면 누군가 나와서
문을 열어줄 것이다. 그렇지만 바로 부르지 않고 잠시 멈춰 섰다.
안에서 나는 인기척을 들었다. 동생들 떠드는 소리가 들리고 엄
마 소리도 간간이 들렸다. 내가 죽을 뻔했는데, 죽다가 살아왔는
데. 우리 식구들은 아무도 모를 수가 있겠구나, 하는 생각이 들었
다. 여러 감정이 복받쳤다. 내가 우리 집 식구인 줄로만 알았는데
천애고아처럼 느껴졌다. 그날 나는 가족들에게 연탄가스 마신 이
야기를 끝까지 하지 않았다. 나만 아는 비밀 하나쯤은 있어야 할
것 같았다.

　경희는 일요일 저녁에 연탄 때는 집 말고 연탄 보일러가 있는
집으로 방을 옮겼다. 경희가 부러웠다. 나는 아직 계약 기간이 남
아있던 터라 나 혼자만 남게 되었다. 그 이후로는 아무리 추워도
밤마다 창문을 조금 열어두는 일을 잊지 않았다. 그 문틈 사이로
들어오는 바람뿐만 아니라, 다시 채워 넣지 않았던 경희의 쌀 때
문에 그 겨울은 더욱 춥고 서러웠다.

　새 방 짝을 찾아야 했다. 자취생은 같은 반인 것 말고는 서로
아는 것도 별로 없었다. 하지만 서로 살던 집 계약 기간이 비슷하
면 방을 합치고는 했다. 이번에 같이 살게 된 정남이는 다른 애들

이랑은 좀 달랐다. 볶고 지지고 끓이고를 다 할 줄 알았다. 알고 보니 소녀 가장이었다. 부모님이 일찍 돌아가셔서 동생 둘을 데리고 집에서 살림을 다 했다고 했다.

어느 날 친구들이 우리 집으로 몰려와 수다를 떨었던 적이 있었다. 처음에는 주인집 아줌마 흉보는 걸로 시작했는데, 결국은 맥락 없이 엄마 이야기로 화제가 슬그머니 넘어왔다. '아, 참!' 하고 이 친구를 의식한 순간, 때는 늦었다. 이미 돌아올 수 없는 강을 건너고 말았다.

그날 저녁, 친구들이 돌아가고 정남이는 밥상에 수저 하나만 얹어서 갖고 들어왔다. 혼자 먹겠다는 선전 포고였다. 같이 밥 먹자는 말도 없이 혼자 먹었다. 뭘 물어봐도 대꾸도 안 했다. 지은 죄가 있어서 자꾸만 말을 걸어도 보고 시켜도 봤는데도 입을 꼭 다물고 나를 그림자 취급을 했다. 그날 밤에 소리 없는 전쟁이 일어났다.

12월은 한겨울이었고 추웠다. 연탄을 아낀다고 연탄불 마개를 손가락 하나 굵기만큼만 열어 놓고 막아 버리니 방바닥에는 온기만 겨우 돌 뿐, 오히려 내 체온을 빼앗아 갔다. 문제는 이불이었다. 내가 가져온 이불은 여름에 가져온 것이라 그걸 두 겹으로 깔고, 정남이가 가져온 이불은 두꺼운 것이라 그걸 덮고 잤다. 그런데 그 이불이 그만 이산가족이 되어 버린 것이다. 정남이는 자기 이불이라고 혼자 또르륵 말아서 벽 쪽으로 굴러가 뒤돌아 누웠다. 별수 없이 나는 문 옆에서 자게 되었다. 문풍지 한 장이 겨울

한기를 겨우 가로막고 있었다. 문풍지 떠는 소리가 내가 떠는 소리보다 더 컸다. 여름 이불 하나를 깔고 덮으니 너무 추웠다. 잠이 안 왔다. 아니, 잠이 달아난 것 같았다.

새벽 2시쯤 되었나? 마당으로 나갔다. 주인집에 불이 켜져 있었다. 반가웠다. "아줌마! 아줌마!" 하고 나지막하게, 하지만 분명히 들리도록 절박하게 불렀다. "혹시 남는 이불 있어요?" 하고 물었다. 불쌍한 걸 들키지 않으려고 주인집 여자의 목을 보고 말을 했다. 주인집 여자는 "왜에, 싸웠니?" 하고 물었다. 창피해서 대답하지 않았다. "어떡하니, 우리도 없는데." 하는 수 없이 그냥 불 꺼진 방으로 되돌아왔다. 뒤돌아 누워 있는 그 가시나가 너무 얄미웠다. 그래! 너 혼자 먹고 잘 살아라! 내일 학교 가면 당장 다른 짝을 알아볼 테다. 문을 소리 나게 닫았다. 이불을 두 번 감아 보려고 몸을 웅크린 채 굴렀는데 계속 풀리고 만다.

아! 그날 밤의 한기가 지금까지도 내 살을 파고드는 것 같다. 무릎이 내 목까지 닿았다. 이러다 번데기가 될 것 같았다. 내 몸은 36.5도이고 두 팔의 온도도 36.5도인데 왜 73도가 되지 않는 걸까? 갑자기 이런 의문이 올라왔다. 내 머리로는 납득이 되지 않는 게 더 괴로웠다. 나중에 나는 이 질문에 쉽게 대답해 주는 남자랑 결혼했다.

그 겨울의 길고 긴 밤을 뒤척이다 저 멀리서부터 "새벽종이 울렸네. 새 아침이 밝았네." 하는 청소차 소리가 들려 왔다. 그 가시나도 일어났다. 좀 미안했는지 밥상을 차려와 내 앞으로 밀며 한

마디 한다. "아침 먹자!" 딱 이 한마디였다. 전세가 역전되었다. 웬만해서는 밥상까지 외면하는 성격은 아닌데 아예 본 척도 들은 척도 안 했다. 내가 할 수 있는 복수는 그것밖에 없었다. 지금도 그 시간을 생각하면 춥고 배고프고 아리다.

길기도 하고 짧기도 했던 마산에서의 3년이 지나 졸업식 날이 되었다. 우리 집에서는 아무도 오지 않았다. 이미 방을 뺀 상태라서 아침에 시외버스를 타고 왔다가 식을 마치고 돌아가면 된다. 친구들은 가족들 틈바구니에서 꽃다발 속에 파묻혀 있다. 여기저기 흩어졌다 모이기를 반복하며 사진을 찍어댔다. 나는 서둘러 학교를 나와 익숙한 골목을 지나 시장으로 향했다. 친구들은 가족한테서 시계 선물도 받고 졸업하자마자 가장 먼저 가 보고 싶었던 다방에 가자고도 했지만 나는 아무에게도 축하받지 못했다. 그렇지만 차비를 뺀 나머지 돈으로 부모님께 선물을 사드려야겠다고 생각하니 더는 슬프지 않았다. 시장을 몇 바퀴 돌고 돌아 엄마 스카프랑 아버지 양말을 샀다. 집으로 가는 버스 안에서, 오늘이 마지막이라고 생각하니 자꾸만 목이 뻑뻑해졌다가 다시 풀렸다.

드디어 식구들이 모였다. "이게 졸업장입니다. 엄마, 아버지, 고맙습니다." 말이 끝나기도 전에 철없는 동생 놈이 한마디 거든다. "누나, 우등상장은 없어?" 식구들이 갑자기 집중한다. 난감하다. "응, 고등학교는 졸업장만 준다. 이게 제일 큰 상이야!"라고 했다. 가방에 들어 있던 3년 개근상장은 내 가방에서 한참 동안 나오지 못했다. 사실 3년 개근상이야말로 나를 끊임없이 증명해 온 시간의 산물이었다. 식구들이 나에 대해 모르는 게 많아질수록 나는 더욱 강해졌다.

빚이라 하는데 왜 빛으로 들리는가!

        1981년 겨울이었다. 뉴스에서는 연일 입시에 관한 얘기가 쏟아져 나왔다. 밥상 앞에서 그 뉴스를 다 같이 들으며 가족들과 밥을 먹었다. 대학은 동네 사람들이 보기에 헛바람이었고, 우리 집 형편으로는 개가 풀 뜯어 먹는 소리였다. 이미 마산에서 고등학교를 유학했기에 나에게 주어진 카드는 다 써버린 셈이다. 우리 집 형편에는 고등학교가 대학이나 진배없었기 때문이다.

  동네 전봇대에 매달아 놓은 스피커에서 방송이 울린다. 비료가 도착했으니 신청하신 분은 찾아가란다. 가족들은 "누가 갈래?" 하면서 마을 방송에는 반응을 보였지만 텔레비전 입시 방송에는 무관심했다. 전기 대학 원서 마감일이 코앞으로 바싹 가까워지고 있었다. 입시 방송에서는 대학 간 경쟁률로 눈치 싸움을 잘해야 한다고 했지만, 내게는 엄마, 아버지와의 눈치 싸움이 제일 치열

했고 한편으로는 장학생으로 갈 수 있는 대학을 찾아내야만 했다. 나는 대학 놀이를 하는 중에 제일 먼저 일찍 일어났고, 밥도 하고, 엄마와 아버지가 밭으로 나가면 시키지 않아도 따라나섰다.

밭에서 엄마가 이런 말씀을 하신다. "너도 한번 생각해 봐라. 아버지는 허리가 아파서 직장도 그만두고 식구 넷이서 복숭아밭 하나에만 매달려 사는데 복숭아가 일 년 열두 달 열리는 것도 아니고 돈 나올 데라고는 없는데 또 어디 가서 빚을 내겠니! 일 년 농사지어서 밀렸던 빚 갚고 나면 또 빚이고, 너희 넷은 돈 들어갈 데는 많고, 엄두가 안 난다." 또 빚 이야기다. 빚은 무겁고 앞을 가리고 발목을 붙잡는다. 엄마의 빚 타령이 시작되면 나중에는 하도 많이 들어서 어떨 때는 빛으로 들리기도 했다. 나는 그 빚의 무게를 이해할 만큼 세상을 알지는 못했다. 그냥 내가 만난 고난도의 어려운 수학 문제 정도로 받아들였고, 지금은 단지 그 공식을 몰라서 골머리가 아픈 것이라 풀어내기만 하면 될 것 같았다!

그렇게 하루하루 절망하며 숨겨 놓은 대학 놀이를 하던 어느날, 아침에 자고 일어나서 보니 원서 마감 날짜가 훅 지나 있었다. 이제는 더 이상 돌이킬 수가 없다. 왜 시간은 소리도 없이 지나가는가! 아침 햇살마저도 무심했다. 저 해도 양심이 있다면 오늘 아침만이라도 떠오르지 말았어야 했다. 창문 밖의 풍경도 그대로고, 시간은 아무 일도 일어나지 않았다는 듯 시치미를 뗀 채 유유히 흘러가고 있었다. 뒷짐 지고 걸어가는 옆집 할머니의 신발 끄는 소리도 어제와 똑같다.

　내가 죽고 난 다음에도 이렇겠구나. 세상은 다 알고 있으면서도 자기의 시간이 지나가면 자기의 존재만 사라질 뿐 세상의 모든 건 그대로구나! 극도로 인간적인 외로움이 나를 에워쌌다. 내 가슴에 구멍이라도 뚫려 있는지 찬바람이 일었다. 자꾸만 으슬으슬 추워지고 몸이 가라앉는다. 마당으로 나가 오랫동안 눈물로 세수를 했다.

　밥맛도 살맛도 없던 참에 부산 딸네 집에 같이 사는 둘째 이모가 오셨다. 이모는 도시에 살다 보니 시골 할머니들과는 생각하는 게 조금 달랐다. 부산 딸네 집 식구는 아이들도 다 커서 사회생활을 하고 이제는 돈 들어갈 데도 없다고 했다. 공부시킬 때는 어려웠지만 그렇게 공부를 시켜놓으면 엇나가지도 않고 부모한테도 잘하고 그 값을 다 하더라는 말씀을 빠뜨리지 않으셨다. 엄마와 아버지한테 하신 말씀이었는데 내가 갑자기 울컥하며 눈물이 나왔다.

　이모 딸네 집에는 구석구석이 외제품이고 없는 게 없다고 했다. 전축이고 소파고 뭐든지 최고급이고, 장식장에는 외국 술로 꽉 채워져 있다. 화장대에는 온갖 향수병이 이 끝에서 저 끝까지 쫘악 널려있다고 자랑을 풀어놓는다. 우리는 마치 아바타가 된 듯 그 부잣집 안으로 빨려 들어 갔다. 외손녀는 김해 공항 검역소에서 일을 한다고 했다. 입국하는 사람 등이 전염병을 갖고 들어오는지 확인하는 일이란다. 손녀들의 허영이 천장을 찌른다면서 분명 욕을 하는데 자랑같이 들리기도 했다. 나도 당장 그 공항에 취직하고 싶었다.

그렇게 가고 싶은 대학은 물 건너갔으니 외손녀는 어떻게 공항에 취직했는지 물어봤다. 병원에서 간호사로 일하다가 갔다고 했다. 그때 번개처럼 번쩍하며 들린 말. 분명 '간호사'라고 했는데 나는 '간호 대학'으로 들렸다. 그동안 이 대학 저 대학, 전기 대학 경쟁률만 들여다보고 있었는데 간호학과도 있었구나! 학교를 보지 말고 학과를 봐야 하는 거였구나! 뒤늦은 깨달음이 왔다. 갑자기 심장이 빨리 뛰기 시작하였다. 아직 후기 대학 전형은 남아 있었다.

다음 날 저녁, 밥상을 차려놓고 밭에 갔던 엄마를 기다렸다. 약간은 떨리고 약간은 들뜬 목소리로 엄마를 불렀다. 부산 이모네 외손녀가 갔던 그 간호 대학 좀 가면 안 되겠냐고, 간호 대학은 전문 대학에도 있는데 국가고시만 합격하면 다 똑같은 간호사가 될 수 있다고도 했다. 4년은 내가 생각해도 길고 돈도 많이 들어가지만, 전문 대학은 올해 입학하고 내년에는 졸업하는 거니까 경제적 부담도 영 적을 거라고 했다. 그러면서 내가 벌써 반은 검역소 취직이 된 것처럼 부산 사는 이종사촌을 롤모델로 삼아 밀어붙였다. 간호 대학을 졸업하고 취직도 잘했고 부산에서도 부자로 사는 산 증인을 등에 업고 엄마의 마음을 흔들었다. 엄마에게는 확신이 있는 미래를 보여줘야 했다. 드디어 대학으로 가는 좁은 문이 열리고 희미한 불빛이 비치기 시작했다. 신이 숨겨 둔 기회를 내가 드디어 찾아낸 것 같아 들뜨고 흥분되었다. 엄마가 하던 일을 멈추며 돌아보신다. "아버지 오시면 말씀드려 보거라!" 우와, 대한민국 만세다!

드디어 아버지의 허락도 받고 긴 터널을 빠져 나왔다. 마루 끝에 서서 보니 바깥세상이 이상하게 선명해져 있었다. 늘 뿌옇게만 보이던 화왕산 자락도 선명하게 눈에 들어왔다. 밤새 내 시력이 좋아졌나? 두문불출하고 집에만 있다가 드디어 일요일에 성당에 갔다. 성당에는 유일한 또래 여자 친구가 있었는데 학교는 서로 다르지만 같은 성당을 다닌다는 이유로 쉽게 친해졌다. 그 친구랑 대학 이야기를 하면서 비밀 고백처럼 자랑질을 했다.

하지만 그 친구의 첫마디는 청천벽력과도 같았다. "무슨 소리 하고 있는 거니? 간호학과는 3년제다. 전문 대학에 간호학과가 있지만, 간호학과만 3학년까지 있다." 이게 무슨 소리인가! 확실하냐고 물었다. 진짜가 맞느냐고 물었다. 그 친구가 말을 하는데 무성영화처럼 입만 움직이고 있었다. 주변 사람들의 말도 물감 번지듯 소리가 웅웅 거리며 번졌다. 어떡하지! 아주 깊은 곳에서 무언가가 무너져 내리는 듯했다. 다리에 힘이 풀려 주저앉고 싶었다.

순간 기도했다. '예수님! 엄마, 아버지가 모르게 그냥 좀 지나가게 해 주세요! 저도 효도 한번 해 보고 싶어요. 그게 정 싫으시다면 간호 대학이 2년제가 되게 해주세요!' 우리 집 형편이 달라지는 것보다 간호 대학이 2년제로 바뀌는 게 확률이 더 클 것 같아서 기도 방향을 바꾸었다.

　그리고 나는 신들이 협상을 하는 동안 사람들이 말하는 '그까짓 전문 대학'을 '서울대 법대'만큼 어렵게 들어갔고, 간호사가되어 나왔다.

나도 그저 나의 길을 가고 있을 뿐

　　　　　1985년 2월! 대학을 졸업하기도 전에 취직이 먼저 되었다. 학교 기숙사에서는 나와야 했다. 엄마가 나를 데리고 잠잘 곳을 부탁하러 간 곳은 당시 아파트 공사장 안에서 밥집을 하던 이종사촌 언니네였다. 부산 이모가 전해준 소문으로는 공사장 안의 돈을 다 끌어모으고 있다고 한다. 가건물에 두꺼운 천막으로 둘러쳐진 그 판잣집은 바깥에서 보면 노숙자의 집처럼 허름했지만 긴 식탁 6개 정도가 있는 식당과 방 2개가 있었다. 방 안에 발을 딛자 빨아놓은 양말도 자고 일어나면 바싹 말라 버릴 정도로 뜨끈뜨끈하고 건조했다.

　그동안 높다란 외벽에 가려져 보지 못했던 공사장도, 안으로 들어와서 보니 어마어마한 황무지가 펼쳐져 있었다. 이 땅 위로 12층짜리 고층 아파트가 들어선다고 생각하니 새삼 인간의 능력은 위대하고 끝이 없다는 생각도 들었다. 내 어린 시절의 땅따먹기는 작은 머리핀으로도 할 수 있었는데, 나이를 먹으니 땅따먹기는 부동산 놀이로 확장되었다. 또 어떤 사람들에게는 땅에다 이념이 더해지면서 전쟁까지 일으키는 세상이 되어 버렸다. 땅따먹기 놀이를 할 때에는 영원한 땅의 주인이 없었다. 하룻밤만 자고 일어나면 언제든 새로 시작할 수 있는 놀이였다. 그런데 어른들의 땅따먹기 놀이는 땅을 위해 평생을 걸어야 하는 놀이로 전락해 버리고 말았다.

저 멀리서 띄엄띄엄 떨어진 굴삭기가 분주히 움직이고 있었다. 굴삭기 한 대는 하루 동안 열 사람 몫의 인건비를 받고, 일은 열 사람의 10배를 능가할 정도의 속도로 해낸다고 한다. 앞으로 기계가 사람을 대체하는 일이 점점 많아질 것이다. 기계에서 밀려난 사람들은 어디로 또 가게 될 것인지, 내 마음에도 굴삭기가 만들어 내는 뿌연 먼지가 날아들었다.

저녁이 되면 사람들은 집으로 돌아가서 가족에게 오늘 일을 말할 것이다. 누구는 공사장에서 막노동 중이라고 할 것이고, 또 어떤 사람은 아파트 빌딩을 올리는 중이라고 할 것이다. 앞으로 여기에서 지내는 동안 나는 어떤 가치를 찾아낼 수 있을까. 공사장 한쪽 귀퉁이에서 좌우로 쉴 새 없이 몸체를 돌리고 있는 굴삭기에게 물었다.

나는 그곳에 머무르는 동안 초등학교 5학년과 1학년, 그리고 4살짜리 사내아이까지 돌보면서 공부도 가르쳐 주고 숙제도 좀 봐주면 된다고 했다. 바쁠 때는 일손을 거들어 볼 요량으로 식당으로 나갔지만 일 돕는 아줌마는 내가 끼어들 틈을 주지 않고 기계처럼 착착착 씻고 닦고 하고 있었다. 어, 이러다가 이분도 기계가 되어가는 건 아닐까! 부산 사는 이모의 말에는 항상 거품이 묻어 있기는 했지만, 우리 집 남매는 모두 똑똑하다고 소문을 내고 다니서서 말을 함부로 하지도 않았고 막일도 시키지 않았다.

언니네 아이들은 나를 격하게 환영해 주었다. 문 열고 들어가자마자 대략 10여 분 정도를 탐색하는 데에 썼다. 탐색 시간이 지나자 아이들은 이내 본색을 드러냈다. 장판이 미끄러워 아이들은 서서 다니지 않고 배를 깔고 밀며 다녔다. 첫날 저녁에는 '빵야!' 하고 손가락 총을 쏠 때마다 '윽!' 하고 쓰러지며 저녁 내내 죽었다.

실외에서는 놀 수 없는 환경이니 하는 수 없이 방에서만 놀아야 했다. 어쩔 수 없이 어렸을 때 하던 놀이 종목을 모두 소환했다. 숨바꼭질은 어제보다 좀 수월하기는 했지만, 옷장 안을 난장판으로 만들어 버리는 통에 뒷정리하느라 고생도 좀 했다. 밤하늘에 별 헤아리기, 생쥐 식구들 강 건너기 등 잠이 안 올 때 써먹던 수면 아이템들을 아이들에게 모두 써먹었다. 그리고 잠은 언제나 내가 먼저 빠져들고는 했다.

피부가 말랑말랑한 아이들은 예쁘고 귀여웠지만, 몸으로 놀아주는 일은 너무 힘들고 고되었다. 퇴근이 아니라 연장 근무를 하는 것 같기도 했다. 병원에서도 집에서도 나의 짜증을 쏟아 낼 곳이 없다는 생각이 들자 서러움이 슬쩍 고개를 쳐들었다. 얼른 허

리를 쫙 폈다. 허리를 펴면 내 몸통이 커져서 숨을 쉬기 좀 편안
했다. 세상에 대고 중얼거렸다. '이 정도로는 나를 흔들지 못할
걸! 나는 너희가 생각하는 것보다 훨씬 강할걸!' 그렇게 되뇌이
며 나에게 최면을 걸었다.

감정에 휘둘리지 않으려고 할수록, 나는 내가 더 강해질 것이
라고 믿고 있었다. 신은 내 인내심의 한계점을 알고 계셨는지 어
느 시점에 다다르면 이벤트를 준비하시고는 했다. 이번엔 거금을
손에 쥐여 주셨다. 첫 월급이었다.

아, 이거였구나! 돈은 이렇게 버는 거구나. 돈은 내가 지불한 것
에 대한 신성한 대가구나. 그렇게 번 돈을 모았다가 학교를 찾아
가서 밀려 있던 기숙사비를 완납했다. 그제야 몸도 마음도 완전
히 졸업할 수 있었다. 드디어 빚 없는 생활을 돌려받은 것이다.

겨울과 봄을 함바집에서 보내고, 여름이 막 시작할 때 드디어
꿈에 그리던 독립을 했다. 마지막 날, 아이들이 가지 말라고 울며
매달렸다. 나를 위해 울어준 사람은 우리 가족을 빼면 이 아이들
이 세상에 태어나 처음이었다. 그렇게 아이들의 울음을 선물처럼
안고 2층 단독 옥탑방으로 이사를 했다.

옥상과 옥상은 다닥다닥 붙어 있었다. 마음만 먹으면 풀쩍 뛰
어넘어도 될 정도로 가까웠다. 뉴스에는 가스 배관을 타고 올라
간 도둑이나 빈집털이범이 설친다는 이야기가 자주 나왔다. 부모
님께서 문단속 잘하라고 신신당부하신 터라 해가 지면 창문을 꼭
꼭 잠갔다.

어떤 직장 선배는 저녁 근무가 끝나고 퇴근할 때, 무뢰배에 대비해서 병동에서 제일 큰 주삿바늘을 가지고 다닌다고 했다. 군인에게 최고의 무기는 총이겠지만 간호사에게 최고의 무기는 주삿바늘이다. 아이도 어른도 무서워하는 주삿바늘! 주삿바늘 중에서 제일 굵고 날카로운 건 18게이지 주삿바늘이다. 그 무기를 가방에도 넣고 집에도 가져다 놓았다. 가방에서 돈을 꺼내는 척 하다가 잽싸게 주삿바늘을 근육 주사 각도로 90도가 되게 움켜잡고 냅다 꽂는다는 시나리오도 구상해 두었다. 주삿바늘이 위기에서 구해줄 보험이라도 되는 양, 그걸 믿고 초저녁 근무를 마치고 마중 나오는 사람 하나 없는 어둑한 골목길을 씩씩하게 걸어 집으로 돌아왔다.

옥상의 시멘트 바닥은 여름 뙤약볕 때문에 뜨거웠고 햇살이 반사되어 눈이 부셨다. 수돗물로 흠뻑 샤워를 시켜놔도 뒤돌아서면 금방 말라버리기 일쑤였다. 입사 초에는 밤 근무를 마치고 집에 돌아오면 그런 찜통더위 속에서도 도둑이 뭘 가져가도 모를 정도로 푹 잤다. 그때는 그렇게 잠이 많았다. 잠만 자고 일어났는데도 밥 한 끼 먹은 것처럼 개운했다. 자고, 먹고, 병원 가고, 그렇게 반복하며 살았다. 밥보다는 잠이 더 필요한 사회초년생의 삶이었다.

내 주위에는 늘 책이 많았다. 언제부터인지는 모른다. 책에 대한 결핍인지, 전문 대학을 나왔다는 열등감 때문인지, 월급을 타면 매월 행사처럼 나를 위한 보상으로 책을 사러 시내에 나가고는 했다. 서점 나들이는 나의 유일한 사치였고 은밀한 즐거움이었다.

그 당시 성경보다 더 가까이했던 책이 있었는데 김승희 작가의 『벼랑의 노래』라는 에세이집이었다. 책을 읽을 때면 작가의 슬픔을 따라 깊은 골짜기로 나도 들어갔다. 작가의 깊은 고뇌가 나를 대변해 주고 있었고 그녀의 절규 속에 갇혀 대신 울부짖는, 그 언어의 바다에 풍덩 빠져들었다. 그렇게 그 작가를 사랑하게 되었고, 그 작가의 책을 모두 사 모으기도 했다.

나는 재미있고 웃기는 이야기보다 절실하고 절박한 이야기가 더 좋았다. 그 절박한 이야기 속에 들어가면 이상하게 내 옷처럼 편안하기도 했고 안도감도 들었다. 그렇게 책을 통해 나의 소리 없는 아우성을 실어 보냈다. 책에 빠져 있으면 어느새 격한 감정은 순화되기도 했고, 때로는 절절해지기도 했다. 내 영혼의 빈자리가 채워지는 기분이었다. 그해 여름, 뜨거운 대구의 옥탑방에서 나에게 작은 꿈이 하나 생겼다. 이다음에 내 집이 생기면 꼭 나의 서재를 꾸며놓고 살리라!

직장 생활도 어느덧 3년 차로 들어섰다. 함바집을 하던 이종사촌 언니는 건설사의 입지가 굳어지면서 서울로 진출하게 되었다. 함바집도 서울로 같이 따라가게 되면서 엄마와 아버지한테도 같이 올라가자고 했다. 엄마와 아버지는 과수 농사 때문에 망설이고 계시던 참이었다. 밭을 버리고 갈 수도 없고, 그렇다고 남한테 맡기자니 맡길 사람이 마땅하지 않았던 것이다. 나는 그 사실을 알고 그만 울어 버렸다. 직장 생활에 시달리면서 쉬는 날을 손꼽

아 기다렸다. 그 쉬는 날은 집에 가는 날이기 때문이다. 그런데 집에 가도 엄마, 아버지가 안 계신다고 생각하니 너무 힘들었다.

얼마 전, 사우디아라비아에 갔던 선배가 휴가를 나와 병원으로 놀러 온 적이 있었다. 사우디아라비아는 여기 월급의 3배를 준다고 했다. 차라리 엄마와 아버지는 집을 지키고 내가 사우디아라비아에 가야겠다고 생각했다. 우유부단한 나였지만 이번만큼은 결심하기까지 누구와의 의논이나 긴 고민도 필요 없었다. 종합병원에서의 경력도 인정해 준다는데, 마침 딱 2년이 지난 뒤라 모든 게 순조롭게 진행되었다. 사직서를 내고 석 달 뒤, 나는 사우디아라비아 리야드행 비행기에 올랐다.

아직도 사람들이 내게 묻는다. "어떻게 사우디아라비아에 갈 생각을 했어요? 어떻게 알고 갔어요?" 그러면 나는 이렇게 답한다. "살다 보니, 내가 하려고 마음만 먹으면 길이 보이던데!"

〈거꾸로 강을 거슬러 오르는 저 힘찬 연어들처럼〉을 부른 가수 강산에가 앞으로 어떤 노래를 부르고 싶냐는 질문에 이런 답변을 남겼다. "아무도 가지 않은 풀밭이 있었는데 내가 먼저 가시에 찔리기도 하고 돌부리에 걸려 넘어질 뻔도 하면서 걸어가다 보니 누군가 한 사람 한 사람씩 내 뒤를 따라오더군요. 그러다 어느 날, 뒤를 돌아보니 길이 되어 있더라고요. 그런 노래를 만들고 싶어요." 그 말이 내게 용기를 주었다. 나도 지금은 그저 나의 길을 가고 있을 뿐이다.

자리 바꿔

　　나는 초등학교 4학년부터 중학교 1학년 때까지 배구선수였다. 오전 수업을 마치고 점심을 먹고 나면 운동장으로 나갔다. 가방을 챙겨서 교실 뒷문을 드르륵 열면 남은 아이들은 엄청 부러워했다. 그 부러움을 먹으며 자부심도 자라고 있었다. 시합 일정이 정해지면 연습 시간을 늘리기 위해 2교시 수업만 하고 운동장으로 나왔다. 운동장을 돌면 먼지가 따라왔다. 주전자로 물을 뿌리고 네트를 걸면 교실 여기저기에서 단체로 대답하는 소리가 창문을 넘어서 들려 왔다. 풍금 소리와 합창 소리, 국어책을 읽는 소리, 아이들 웃음소리가 동시에 들렸다. 우리도 그에 질세라 학교에 있는 모든 유리창이 쩌렁쩌렁 울리도록 어이! 어이! 하며 운동장을 주름잡았다.

　　그 당시 배구는 9인제였고, 내 포지션은 토스맨이었다. 상황 판단이 빨라야만 했다. 오른쪽과 왼쪽의 공격수에게 적시, 적소에 공을 토스해 주려면 점프도 잘해야 했고 타이밍도 잘 맞춰야 했다. 그뿐만이 아니라 동물적인 감각도 필요했고, 높이와 거리 계산도 잘해야만 했다. 결국 몸에 익을 때까지 연습하는 것만이 답이었다. 상대를 이기려면 상대보다 더 많이 연습하면 된다. '연습은 실전처럼, 실전은 연습처럼.' 코치가 원하는 바다.

내 득점 포인트는 앞자리에서 머리 뒤로 짧고 빠르게 백 토스로 네트 넘기기, 공격수한테 공을 패스하는 척 하다가 빈 자리에 페인트 놓기, 그리고 직선으로 가다가 옆으로 휘어지는 서브였다. 10cm 정도만 더 컸으면 더할 나위 없었겠는데. 그래서 콩나물만 엄청나게 먹었다.

당시 우리는 시골 학교의 팀이라 상대로 견줄 만한 팀이 없었다. 우리의 연습 상대는 키 크고 덩치 큰 동네 청년들이었다. 그들이 밥 먹고 남은 힘으로 강스파이크를 찍으면 탱탱한 배구공의 소리가 울렸는데, 그 소리는 가히 위협적이었다. 허공에 있던 공이 네트를 넘어오는 순간 힘껏 점프하며 손을 올려 막아보려 해도 '탕' 하는 소리와 함께 반사적으로 눈을 움찔 감아버리고 만다.

"야! 눈 안 떠! 눈 떠!" 코치의 고함이 들려 왔다. 상대방이 때린 공이 내 손바닥에 닿지 않은 것만으로도 내 가슴엔 바람이 새어 나갔는데 코치는 자꾸 "또, 또, 또!" 한다. 내 눈만 보고 있는 것 같았다. 분명히 안 감았는데 자꾸만 감았다고 했다.

"야! 자리 바꿔!" 결국 그 무조건 반사를 극복하지 못해 토스맨

자리에서 센터의 수비수로 밀려났다. 굴욕적이었다. 한계를 넘어서지 못해 자리를 내어놓는 게 얼마나 아픈 일인지.

직장에 CS팀이 신설되면서 부서 이동을 한 지 5년이 다 되어갈 때였다. 내 나이 쉰세 살 때였나? 직장 상사에게 교육 참가자 명단을 결재받으러 갔다가 반려되었다. "이 사람들 말고 젊은 사람 없습니까?"라며 책상 옆으로 쓱 밀어냈다. 그 뒤에 덧붙이는 몇 마디가 있었는데 그건 귀에 들어오지 않았다. '이 사람들' 중에는 나도 있었기 때문이었다. 젊은 사람! 그날 그 시간 이후 나는 더 이상 젊은 사람이 아닌게 되었다. 준비되지 않은 상태에서 직격탄을 맞았다.

직장에서는 젊은 사람을 키우겠다고 말하는 거구나. 내려갈 시간이 드디어 나의 현실이 되었구나. 동료들과 농담 삼아 이런 말을 해본 적은 있었다. 하지만 직접 이 말을 듣고 나니 다리에 힘이 풀렸다. 엘리베이터를 타려다 누구랑 부딪히면 창피할 것 같아 계단으로 내려왔다. 계단을 내려가다 보니 계단 한 칸 한 칸이 내가 내려갈 앞으로의 여정 같았다. 슬프다고 하기에는 값싼 감정이고, 억울하다고 말하기에는 틀린 말이 아닌데 정확히는 뭐가 억울한지 분간이 서지 않았다. 뭔가는 빠져나가고, 그 틈으로 또 뭔가가 들어왔다. 그해 겨울은 춥기도 참 추웠다. 자연의 순리대로라면 50대는 50대에 하는 일을 해야 한다. 그렇다면 60대에게는 60대에 해야 하는 일이 있을 것이다. 채우는 삶보다는 비우는 삶이 비로소 시작되었다.

비둘기

초겨울 아침 출근길이었다. 병원 입구에 있는 등나무 밑을 지나는데 한쪽 다리에 두꺼운 깁스를 하고, 휠체어를 타고 나온 젊은 남자 환자를 만났다. 환자 주변에는 비둘기들이 타원을 그린 채 쪼그려 앉아 있었다. 환자가 입 안 가득 새우깡을 넣었다가 푸하, 하고 멀리 뿜어낼 때마다 비둘기들은 추종자를 대하듯 흩어졌다 모여들기를 반복하며 바쁘게 머리를 조아리고 있었다.

"비둘기 똥은 환자들에게 해롭답니다. 모이 자꾸 주지 마세요." 용기를 내어 최대한 기분 상하지 않게 말했지만, 환자의 얼굴에는 불쾌한 기색이 역력했다. 출근길이라 간호사 가운을 입지 않았으니, 아침부터 웬 처음 보는 여자가 잔소리를 하느냐는 표정이었다.

어제 부서장 회의에서는 비둘기 퇴치 문제가 수면 위로 떠올랐다. 감염 예방 차원에서였다. 먹이를 주지 말라고 안내 표지판을 설치하는 정도의 소극적인 방책으로는 기하급수적으로 늘어나는 비둘기를 저지할 수 없는 지경에 이르고 말았기 때문이다. 누구는 비둘기 모이에다 피임약을 섞자고 했고, 누구는 창턱에 앉지 못하도록 미끄럼 장치나 끝이 뾰족한 장치로 대비하자는 의견을 냈다. 한 남자 직원은 "비둘기를 모두 포획하여 섬에다 풀어 놓고 오면 어떻겠습니까? 너무 멀면 이곳까지는 못 찾아올 것 같은데."라고 말했다가 빈축만 샀다. 어쩌면 비둘기에게 기저귀를 채우거나 집단 이주를 시키지 않는 한 비둘기와의 전쟁은 끝나지 않을지도 모른다.

어제 그런 일이 있고 난 후라, 비둘기에게 먹이를 주는 모습을 그냥 지나치는 것은 직원으로서 직무 유기라는 생각이 들어 건넨 말이었다. 하지만 불만 섞인 환자의 표정이 내 마음을 불편하게 했다. 사무실이 있는 8층까지 엘리베이터를 타고 올라오는 동안 나를 쳐다보던 비둘기의 눈빛이 떠올랐다. 혹시 비둘기들이 내가 한 말을 알아들은 건 아니었을까?

진짜 아무도 먹이를 주지 않아 건물 모퉁이에서 퀭한 눈으로 날개를 축 늘어뜨린 비둘기의 모습이 순간 떠올랐다. 미안한 생각도 살짝 들었다. 그렇지 않아도 요즘 건물 한 귀퉁이에 삼삼오오 짝을 지어 몇 시간이고 움직이지 않고 앉아 있는 비둘기를 창 너머로 볼 때마다, 빨지 않는 코트를 입은 노숙자 같다는 생각이 들던 터였다. 우중충한 회색빛, 목욕 한 번 하지 않은 것 같은 지

저분한 깃털, 움직이는 것조차 귀찮은 듯 창가에 쭈그리고 앉아 꼼짝도 안 하는 모습. 병으로 치자면 무력증이며 전신 권태, 피로감을 동반한 만성 불감증. 비둘기 또한 인간들처럼 동시대의 병을 앓고 있는 환자가 되어버린 게 아닐까.

병원 신관 건물이 들어선 이곳 부지는 10년 전까지만 해도 마을의 뒷산이었다. 오뉴월이면 철 지난 유채꽃이 듬성듬성 바람에 흔들리고, 고개를 들면 아카시아 향기로 숨이 턱 막혔다. 산 중턱엔 부지런한 할머니들이 텃밭을 일구는 재미가 쏠쏠했고, 할아버지들은 군데군데 벌통을 갖다 놓고 발걸음이 빨라지던 곳이기도 했다. 병원에서는 환자들의 저녁밥 차가 지나가고 누군가가 드르륵 창문을 열어젖히면 동서남북 할 것 없이 병원 뒷산을 하얗게 뒤덮은 아카시아 향기가 온 병실에 가득했다.

이제 그 뒷산이 있던 자리에는 지상 13층짜리 류머티즘 관절염센터가 들어섰다. 그나마 반쯤 남아 있던 산 중턱도 건물 부지로 들어가 버리면서 산은 형체를 잃었다. 덩달아 비둘기들도 삶의 터전을 잃고 말았다. 졸지에 생존에 대한 도전을 받아 버린 비둘기들은 스스로 면역 체계를 만들어 가듯 병원 광장으로 내려왔다.

햇살 좋은 오후 시간, 분수대 옆에 무리 지어 앉아 있는 비둘기들이 눈에 들어온다. 비둘기는 주위를 왕래하는 사람과는 아무런 상관도 없다는 듯, 마치 타인처럼 앉아 있었다. 숫자를 세어 보니 쉰 마리는 족히 넘어 보인다. 병실 창문에 소리도 없이 와서 앉았다가 배설물을 남겨놓기도 하고, 땅따먹기라도 하듯 점점 영역을 넓혀 가기도 한다. 다슬기 무덤 같은 비둘기 배설물은 비가 와도 콘크리트에 딱 달라붙어서 쓸려 내려가지 않는다. 무엇보다도 60여 종의 전염성 질환이 비둘기나 새의 배설물을 감염원으로 두고 있기 때문에 무균 병동이나 이식 병동에서는 창문도 열 수 없는 지경에 이르렀다. 혹 이것이 비둘기가 사람에게 할 수 있는 유일한 복수인가?

아침에 만났던 그 깁스 환자가 눈에 들어왔다. 그동안 정이라도 들었는지 아예 비둘기를 벗 삼아 휴식을 취하고 있다. 나와 눈을 마주치고는 아침의 나를 기억했는지 슬며시 고개를 돌려 버린다. 그러는 사이 또 다른 사람들이 빵 부스러기를 던져 주며 비둘기 앞에서 자선을 베풀고 있다. 아, 나는 저들에게 또 어떻게 말할 것인가? 이 상황이 진심으로 혼란스럽게 느껴졌다.

비둘기에게 모이를 주지 않고, 생존을 방해하는 것이 과연 옳은 일일까? 살아있는 모든 것은 소중하다며 생명 존중을 외치는 이 현장에서 비둘기의 생존권은 누가 보장하는가? 평화를 상징하던 어제의 비둘기가 이제는 인간에게 먹이를 구걸하게 된 이 아이러니한 현실을 누가 설명할 것인가. 이번에는 내가 그들을 못 본 척하며 지나쳤다.

나는 정의, 남들은 오지랖

　　　　　　교회 교리에서는 가난하고 소외된 이웃을 도
우라고 했다. 주변은 온통 아파트뿐이고 가난은 거리로 몰려다니
지 않았다. 저녁 운동을 하던 길, 횡단보도를 건너면서 앞이 보이
지도 않을 만큼 폐지를 높게 쌓아서 싣고 가는 할머니 한 분을 보
았다. 끌고 가는 모습이 아무래도 신호등에 쫓긴 듯 아슬아슬해
보였다. 얼른 뛰어가서 리어카에 손을 얹었다. 몇 걸음 안 가서
외부의 힘을 느꼈는지 할머니가 뒤를 슬쩍 돌아보신다.

　짐 너머에서 "좀 밀어드려도 될까요?" 했더니 "밀지 마소!" 한
다. 의외의 한 방이다. 귀를 의심했지만 잘못 들었다기에는 너무
가까운 거리다. 나의 얄팍한 호의가 자백으로 끝날 수도 있는 상
황이었는데, 물어보기를 잘한 것 같다. 길을 건넌 후, 어정쩡하게
뒤따라오는 나에게 궁시렁대며 말씀을 흐리신다. "전에도 누가
내 발걸음은 생각도 안 하고 너무 세게 밀어서 앞으로 꼬꾸라질

뻔했다." 아! 그랬었구나!

얼마 전에는 공항 출국장 앞에 줄을 서 있었다. 내 앞에는 배낭을 멘 두 사람이 서로 쳐다보며 얘기 중이다. 같은 색 배낭을 멘 것으로 보아 일행이거나 부부인가 보다. 모자 밖으로 빠져나온 남자의 머리카락이 희끗희끗하다. 나도 은퇴하면 남편과 여행 다니는 걸 꿈꿔 왔기 때문에 그 모습이 좋아 보였다. 긴 줄을 조금씩 앞으로 당기면서 보니 그 남자의 배낭이 열려 있었다. 얼핏 봐도 안의 내용물이 듬성듬성 보였다. 바로 뒤에 서 있던 탓에 신경이 쓰였다. 자칫하면 괜한 오해를 받을 것 같아 적정 거리를 유지하려고 조금 떨어졌다. 행렬에 틈이 생기자 사람들이 그 사이를 지나다니기 시작했다. 저러다 소매치기라도 당하면 어쩌려고. 신경이 쓰였다. 말을 해줘야 할 것 같았다.

"어르신, 가방 지퍼가 열려있어요."라고 했다. 남자는 얼른 뒤를 돌아보며 "아, 예. 감사합니다. 큰일 날 뻔했네."라며 가방의 지퍼를 올렸다. 거기까지는 좋았다. 앞의 두 사람은 머쓱하게 서로 보면서 "아직 어르신이라고 들을 나이는 아닌데."라며 내가 딱 들을 수 있을 만한 소리로 중얼거렸다. 여자가 맞받아친다. "손자 봤으면 어르신이지. 현실을 직시해야지." 하며 서로 토닥거렸다.

아뿔싸! 어르신이란 말이 항상 존칭어로 쓰이지는 않는다는 게 생각났다. 직장에서도 어르신, 어머님, 아버님, 뭐 이런 호칭은 사용하지 말라고 앞장서서 가르쳤는데, 막상 내가 저질러 버린 셈이다. '어르신' 보다 '저기요'가 훨씬 나았을까? 그 이후로 나는 어르신이라는 말을 아끼고 있다.

서부 정류장에서 해인사행 버스표를 끊었다. 터미널이어서 그런지 30분 전에 버스가 들어왔다. 제일 먼저 올라타서 햇볕이 들지 않는 쪽, 그것도 뒤편으로 자리를 잡았다. 오랜만에 타보는 시외버스라 마음이 약간 센티멘털해졌다.

10분쯤 지났으려나? 20대 후반으로 보이는 덩치 좋은 남자 두 명이 올라탔다. 그들이 어디에 앉는지, 안 보는 척 하면서도 내 시선은 그들을 따라갔다. 제발 내 옆으로는 안 왔으면 하면서. 그런데 혹시나 했는데 역시나. 그 바람은 바람처럼 날아갔다. 내 자리 바로 앞에 그들이 털썩 앉는다. 뒷모습이 밉상이다. 앉자마자 마스크를 내리고 들고 온 커피를 쭉쭉 소리 내며 빨아 당겼다. 내 눈에는 커피보다 벗은 마스크가 더 신경이 쓰였다. 그들의 커피 타임을 방해하고 싶지는 않다. 대신 내 마스크를 코에 바싹 갖다붙였다.

그들은 버스가 출발할 시간이 되어가는데도 마스크를 올릴 생각이 없어 보였다. 슬그머니 일어나 버스 기사한테로 갔다. "버스 안에서는 마스크를 다 올리고 가야 할 것 같은데 얘기 좀 해주세요." 조용조용하게, 뒤에까지는 들리지 않게 일러주고 얼른 내 자리로 돌아올 작정이었다. 하지만 그건 어디까지나 내 착각이었다. 그 말을 하고 막 돌아서는데, 그 기사 양반이 벌떡 일어서서 나를 따라오며 소리 질렀다. "어이, 젊은 양반. 마스크 올리세요." 누가 봐도 내가 일러준 걸 다 눈치채는 셈이다.

무안해서 그냥 비어 있는 아무 자리에나 앉아 버릴까 생각도 했지만, 그 젊은 양반들 뒷자리에 내 짐 보따리가 있었다. 하는 수 없이 내 자리를 찾아가 조용하게 앉았다. 그들과 시선이 마주치지 않는 각도로 몸을 틀었다. 왼편의 남자가 힐끗 쳐다보는 게 느껴졌다. 가는 내내 사람의 뒤통수도 말을 한다는 걸, 그날 처음 알았다. 차라리 한 번 참는 게 백 번 나을 뻔했다.

남편은 이런 내 모습을 보고 직업병이고 오지랖이 넓다고 한다. 하지만 이런 '정의'는 내가 나일 수 있게 만드는 내 삶의 가치이기도 하다.

어른 되기

　　　　가방을 여러 번 털렸다. 아침 7시! 출근길에 서부 정류장 앞에서 신호등을 기다리고 있었다. 건너편에 몇몇 사람들이 서 있는 것이 보였고 파란불을 기다리며 초조하게 신호등만 째려봤다. 그날따라 거울 앞에서 눈썹 화장하면서 어영부영하다 보니 지각 문턱까지 왔다.

　신호등의 빨간불은 21, 20, 19, 깜빡거리며 점점 숫자가 줄어들고 있다. 나는 100m 달리기 선수처럼 준비한다. 탕, 하는 소리와 동시에 총알처럼 튕겨 나갈 듯한 긴박감이다. 오징어 게임처럼 한 발자국도 움직이지 않는다. 드디어 노란불이다. 바로 그때다. 어? 가방을 멘 어깨에 당겨지는 힘이 느껴진다. 눈동자만 움직여 그 힘의 방향을 따라갔다. 내 가방에 손을 대고 있는 허연 젊은 놈과 시선이 딱, 마주쳤다. 의식적으로 가방끈을 확 당겨 올렸고, 그놈을 째려보면서 말했다. "뭐 합니까?"

그놈이 미간을 찌푸리며 험악한 인상을 만든다. 허리를 곧추세운 그놈은 낯짝을 내 얼굴 옆으로 바짝 갖다 붙이고는 표정으로 쌍욕을 하며 눈을 부라렸다. 그러고는 순식간에 인파 속으로 사라졌다. 비로소 길 반대편에 잠겨 있던 신호등이 자동문처럼 풀렸다. 나도 모르게 뒷사람에 밀려 횡단보도를 건넜다. 횡단보도를 다 건너고 난 뒤에야 가방을 겨우 당겨서 살폈다. 가방 옆면에 가느다랗게 볼펜으로 그은 것 같은 사선이 보였다. 손을 가져다 대어 봤다. 손가락 4개가 가방 안으로 쑥 들어간다. 내 가슴이 철렁하며 갈라진다. 말로만 듣던 소매치기 놈한테 내 가방이 칼침을 맞았구나!

허겁지겁 지갑을 찾아 가방을 뒤적였다. 다행히 지갑은 그 사선을 넘어가지 않고, 그놈이 먼저 발각당하는 바람에 무사했다. 그놈이 어딘가에 숨어서 지켜보고 있을 것만 같은 불안감이 든다. 그렇게 생각하니 앞사람도 뒷사람도 다 한 패거리 같다. 나원 참! 세상이 이렇게 돌아가면 안 되는데!

여태껏 살아오면서 세상에 소매치기라고는 어릴 때 아버지가 동네 아저씨랑 막걸리를 앞에 두고 하시던 소도둑놈 이야기가 전부였다. 옆 동네 김 씨가 우시장에 가서 암소 한 마리 내다 팔고 목돈이랍시고 허리춤에 단단히 두르고 시장을 나왔다. 마치 사람 속을 아는 것처럼 껌벅껌벅하던 그놈의 소 눈깔이 두고 온 자식 놈처럼 자꾸만 어른거렸다. 골목 끝에 다다를 즈음 막걸리 한잔 걸치면 잊힐 듯하여 달막달막 망설이다가 술에 말려들었다. 딱 한 잔만, 하고 시작한 술이 그만 알딸딸해질 정도로 마시고 나니 해가 저물어 버렸다. 장날이면 조심하라던 인적 드문 길을 걷다가 때마침 논두렁 밑에서 엎드려 있던 난데없는 도둑놈한테 뒤통수 한 방 후려갈겨 맞고 쓰러졌다. 얼마나 시간이 지났을까. 정신이 오락가락하여 희미하게 눈을 떠 보니 제 아들놈이 어깨를 쥐어흔들며 대성통곡하고 있었다. "아이고, 아버지! 제가 잘못했습니다. 제발 눈 좀 떠 보세요!" 하면서 삐질삐질 울고 있더라는 이야기였다.

그렇게 말로만 들었던 도둑놈들이 도시에서는 이렇게 벌건 대낮에 판을 치는 걸 보니 도시는 도시인가 보다. 어릴 때 도시로 나가면 까딱 잘못하면 눈 뜨고도 코 베인다는 말을 들었는데, 그 말이 이래서 나왔구나. 그 이후로는 다른 사람들에게 말은 안 했지만 그 이후로는 촌티가 나면 표적이 될까 봐 거울 앞에서 보내는 시간이 조금씩 늘어났다.

직장 동료들에게 소매치기 사건 이야기를 늘어놨더니 다른 사람들도 의외로 날치기 한 번씩은 다 당해본 듯 에피소드가 쏟아져 나왔다. 좀 있어 보이는 사람한테 접근한다는 위로의 말이 내 귀에 남았다. "아니, 그럼 내가 좀 있어 보였나?" 그리 기분 나쁜 말은 아니다.

한번은 시아버님께서 해거름 무렵에 집에 들어오셨다. 그런데 점퍼 가슴팍에 칼집이 떡하니 그여 있고, 그 틈 사이로 바람이 불며 옷감이 너풀대고 있었다. 그런데도 아버님은 식구들이 말하기 전까지 전혀 모르고 계셨다. 아버님은 그날 저녁 내내 어머님 잔소리에 시달리면서 계속 같은 말을 반복하셨다. "잃어버린 건 아무것도 없다. 아무것도 없다니까! 거기엔 아무것도 없었다!" 강력하게 부인하는 걸 보니 정말 그러신 것 같았다.

그리 하신 말씀의 뒷배경에는 다방 아가씨가 있었다. 아버님은 소매치기한테 당하기 전에 이미 남부 정류장 지하 다방에 있는 김 양한테 다 털리고 난 후였다. 아무래도 동료들이 그때 내게 말해준 '좀 있어 보인다.' 라는 말은 돈 말고 다른 게 있어 보인다는 말이었던 것 같다.

초등학교 들어가기 전 즈음이다. 엄마가 장날 장 보러 가서는 아무개 집에 도둑이 들었다는 소문을 듣고 왔다. 그날 밤, 엄마는 소매치기나 도둑놈들은 희한하게 돈 냄새를 잘 맡는다며 돈을 신문지에 싸서 베개 안에 넣고 바늘로 꿰맸다. 어쩌다 그 베개가 내 차지가 되면 베갯속 깊은 곳에서 종이 소리가 뻐석뻐석 귓전에 크게 울리곤 했다. 잠이 안 오는 밤에는 그게 꼭 우리 집 담을 뛰어넘어 들어오는 도둑놈 발자국 소리처럼 들리기도 했다. 마치 가까운 데서 지켜보고 있는 것만 같아 숨을 참는데, 그만 내 침이 꿀꺼덕하고 넘어간다. 목에서 침 넘어가는 소리가 바윗돌 굴러가는 소리 같다. 도둑들이 그 소리를 눈치챘을까 봐 또 얼마나 가슴을 졸였던지.

아직 동생에게는 하지 않은 말이지만, 그렇게 겁이 나는 날에는 옆에서 자고 있던 동생 팔을 꼭 꼬집었다. 그러면 너무 고맙게도 동생이 잠결에 으앙 하고 운다. 이래서 동생을 미워할 수가 없다. 동생이 울면 엄마나 아버지가 일어나셔서 불을 켜고 살피러 와주셨다. 나도 동생 우는 소리에 깬 것처럼 일어나 도둑놈이 있는지 얼른 훑어보고 나서야 안심하고 잠에 들었다.

그 시절에는 돈 간수를 잘 못 해서 도로 아미타불이 된 동네 할머니도 있었다. 그 할머니는 자식들이 준 용돈을 몇 년 동안 한 푼도 안 쓰고 여기저기 옮기며 숨겨놓고 살았다. 한번은 가마솥 아궁이의 잿더미를 파서 돈을 묻어놓고 살다가 장마철이 되었다. 날씨가 꿉꿉하다고 아궁이에 불을 지피는 바람에 홀라당, 사달이 나고 말았다. 돈이 애물단지다! 자식이 준 돈 아까워서 써 보지도 못하고, 숨겨둔 돈다발이 그만 홀랑 다 타 버렸다. 그러고 몇 날 며칠 동안 시름시름 생병을 앓았다는 소문이 아직도 전설처럼 돌고 돈다. 그 할머니한테 타버린 돈은 먹지 않아도 배부르고, 힘이 들 때 힘이 되는, 배 안 아프고 낳은 자식이었을 것이다.

그 뒤로 내가 결혼을 하고 아이가 초등학교 1학년과 2학년이 되었을 때다. 학교가 일찍 마쳐도 집에는 아무도 없기 때문에 아예 통학버스가 내 직장 앞에서 아이들을 내려주었다. 당시에는 낮 근무만 하는 부서여서 아이들과 함께, 가끔은 택시로, 대개는 버스로 퇴근을 했다. 집까지 오는 길에는 고등학교가 다섯 개나 있어서 퇴근 시간과 하교 시간이 겹친 버스 안은 엄청 복잡했다. 그날도 마찬가지였다. 꾸벅꾸벅 조는 아이 둘을 데리고 아이들 가방 둘, 내 가방 하나를 손에 겹쳐 든 채로 흔들거리는 버스 손

잡이에 의지하고 있었다. 버스가 정차할 때마다 뒤쪽에서 한 무리가 밀물 빠져나가듯 쑤욱 내린다. 동시에 앞쪽에서는 어느새 썰물이 쭉쭉 밀려들어 왔다.

버스가 막 출발하려는 그때였다. 바로 옆에 있던 여학생들이 "어, 아줌마! 저 아저씨가 아줌마 가방에……." 하면서 말꼬리를 흐린다. 얼른 가방을 봤다. 아뿔싸! 칼자국이다. 아이들은 바로 옆에서 나를 빤히 올려다보고 있었고 버스는 움직이기 시작했다. "기사님 좀 세워주세요! 문 좀 열어 주세요!" 하면서 동시에 벨을 눌렀다. 아이들과 버스에서 내린 후 "너희들은 여기서 꼼짝 말고 기다려. 금방 올게." 하고 아이들을 두고 뛰어갔다.

"아저씨!" 하고 불렀다. 그놈은 그냥 빠른 걸음으로 나보다 몇 걸음 앞에서 걸어가고 있다. 그놈을 잡으려고 뛰어가면서 아까보다 더 큰 소리로 불렀다. 나도 보험이 필요했다. 길거리에 많은 사람이 보고 있는데 어쩌기야 하겠어! 길가에 있던 사람들 중에서는 무슨 일인지 단박에 파악한 듯한 사람들도 있었다. 그 사람들의 시선도 따라오고 있었다. 충분히 들릴 법도 한데 그놈은 계속 뒤도 돌아보지 않고 빠른 걸음으로 앞서 걸어갔다. 드디어 거리가 좁혀졌고 옆에서 그놈의 손을 보았다. 분명 내 지갑이다. 내 지갑을 열고 돈을 세고 있었다.

"아저씨! 내 거잖아요! 주세요!" 인상을 쓰며 짜증스럽게 말했다. 나는 아직 소매치기의 진면목을 알지 못했다. 나는 여태껏 아저씨를 그리 많이 본 적이 없다. 기껏해야 간호사가 병원에서 봐

온, 억지 부리고 목소리만 큰 아저씨 환자가 전부였기에 세상 무서운 줄 몰랐다. 그놈이 이쪽을 힐끗 쳐다보더니 자기 손바닥의 동전만 도로 넣은 지갑을 내게 홀쩍 던졌다. 얼떨결에 받았다. 받고 보니 말문이 막혔다. 그렇다고 채워진 느낌은 아니었다. 갑자기 머쓱해졌다. 그렇지! 저놈이 내 가방을 못 쓰게 만들었지.

"아저씨! 내 가방 어쩌실 겁니까? 내 가방 물어내세요!" 하며 다그쳤다. 그놈은 앞만 보고 성큼성큼 걸어 나갔다. 뛰어가면 주위 사람들이 단박에 눈치챌까 봐 뛰지는 않았다. 저놈이 골목 안으로 사라지면 내가 불리하다. 그 전에 따라가야 한다는 생각이 들었다. 그때였다. 노점 하시던 할머니가 그 꼴을 지켜보고 있었는지 나를 말렸다. "아이고, 됐다마. 자꾸 따라가면 해코지한다. 그만해라." 그제야 정신이 번쩍 들었다. 맞다, 저놈에게는 면도칼이 있었다. 그때부터 갑자기 무서워졌다. 어디서 그런 무모한 용기가 났는지 모르겠으나 나는 아이들한테 내가 엄마라는 걸 보여주고 싶었을 뿐, 다른 건 아무것도 없었다.

나의 이런 무모함은 갑작스러운 게 아니다. 결혼 전에 또래끼리 서로 주고받는 말이 있었다. 결혼 준비 다 해놨니? 그들의 기대와는 달리 나의 결혼 준비는 몇천만 원짜리 적금이나 주택 부금이 아니었다. 스물일곱, 스물여덟, 그즈음에 했던 생각이다. 결혼을 한다는 건 결국 부모가 된다는 이야기다. 이다음에 내 아이가 태어나면, 적어도 나는 세상을 살아가는 데 무엇이 옳고 무엇이 그른지를 분명히 말해줄 수 있어야 한다고 생각했다. 그것이 내가 생각하는 어른이 될 자격이었으며, 진정한 결혼 준비였다. 그런 나였기에 그날처럼 아이들이 엄마를 바라보고 있을 때에는 불의를 보면 참지 못하고, 정의가 세상을 지배한다는 걸 아이들에게 보여줘야만 했다. 그렇지만 현실은 나를 지지해 주지 못했다. 집에 돌아와서는 저녁 내내 남편에게 훈계를 들어야만 했고, 나는 새로운 정의를 세워야만 했다.

그 많던 소매치기는 다 어디로 갔을까? 자가용을 타고 다니면서부터는 소매치기를 만날 기회가 확 줄었다. 가방 안의 현금은 한 장의 카드로 바뀌었고, 세상이 발전하면서 카드는 이제 휴대폰 속으로 들어갔다. 학생들이 가방을 열고 다녀도 소매치기는 이제 수면 위로 드러나지 않는다. CCTV가 어디든 설치되어 있다는 걸 알아챈 것일까? 그들이 설마 보이스피싱계로 이주해 간 것은 아니겠지? 또 어느 지하 세계에서 사람들을 호시탐탐 노리고 있을지도 모를 일이다.

명품은 힘이 있다

　　내 나이 스물여덟, 친구들이 하나둘 결혼하기 시작했다. 덕분에 친구들과의 화두는 결혼 이야기였다. 누구는 주택 부금을 넣었다, 누구는 그릇 세트를 사 놨다, 누구는 주식으로 얼마를 벌었다, 뭐 이런 이야기를 하였다.

　　하지만 나는 월급이 들어오면 모두 부모님께 보내드리고 최소한의 용돈으로 살았고, 아버지도 그렇게 하셨기 때문에 나도 당연히 그래야 하는 줄 알았다. 그러고 보니 내 수중에는 현금이 별로 없었다.

　　조그만 지갑을 꺼내면서 "이거 명품인데~"라며 100만 원이나 주고 샀다고 자랑하는 친구를 보면 '차라리 100만 원을 가지고 다니지' 라는 생각을 했다.

　　직장에 나이대가 비슷한 동료가 있다. 같은 직장에서 30년 넘게 근무를 하다 보니 아이가 태어나고 자라는 것은 물론 시어머니 성질머리에 가정형편까지 드문드문 알고 있었다. 한번은 서울에서 대학을 다니고 있는 그 친구의 딸에게서 전화가 왔다. 친구는 전화통에 대고 욕을 하고 있었다. 목소리는 점점 높아졌다.

주위를 둘러보며 겨우 진정시키고 친구한테 무슨 일이냐 물어보았다. 딸을 1년 재수 시켜서 대학에 보내 놨더니 아르바이트를 한다고 주말에도 집에 내려오지 않는다고 한다. 딸아이라 신경이 이만저만 쓰이는 게 아니었지만, 대학생이 되었으니 독립심이나 자립심도 있어야 할 것 같아 넓은 마음으로 이해하려고 했다. 제 앞가림은 알아서 하겠지 생각하며 기특하게도 여겼다. 아르바이트라고 해봤자 몇 푼이나 벌까 싶어서 그렇게 모은 잿밥에는 관심도 없었다. 그래도 지나가는 말로 물어는 보았다. 그랬더니 이번 달에 명품 가방을 하나 질렀다고 한다.

나이 60이 다 되어가도록 변변한 명품 하나 없던 친구는 순간 울컥했다.

"네가 겉멋이 들어도 단단히 들었구나. 학생이 그게 뭐가 중요하니! 차라리 그 시간에 공부해서 장학생이 되거나 책을 사보는 게 낫지." 하지만 딸은 지지 않았다.

"엄마, 모르는 소리 좀 하지 마! 요즘 이런 것 하나쯤 안 들고 다니는 친구 아무도 없어. 가방은 패션의 완성이야! 옷은 대충 입어도 가방 하나 갖추고 나면 옷은 빈티지룩이라고 생각해!"

엄마와는 나이 차이가 서른 가까이 되니 세대 차이인가? 아무튼 딸이 저 혼자 서울 올라가서도 기죽지 않고 사는 것 같아 입으로는 잔소리지만 속으로는 안심이 되었다고 한다.

　문제는 몇 달 뒤에 생겼다. 친구 딸은 그 가방을 '우리 아기' 라고 불렀다. 그 아기에게 사고가 생긴 것이다. 횡단보도를 건너는데 파란불이 깜빡거리는 걸 보고 건널까 말까 하다가 뒤늦게 뛰어갔다. 가까스로 인도에 발을 올리는 순간, 그만 블록에 걸려 넘어지고 말았다. 그 순간, 아기를 보호해야 한다는 본능이 번뜩여 가방을 취하고 무릎은 운명에 맡겼다. 일어난 딸은 아기의 신변 상태를 파악하고는 대성통곡을 하며 엄마한테 전화를 한 것이다.

　"엄마! 내 아기 모서리에 스크래치가 났어. 어떡하면 좋아!" "가방이야 다시 사면 되는 거고! 너는 괜찮니? 너는 다친 데 없니?" 친구는 최대한 본심을 숨긴 채로 가까운 병원에 가서 엑스레이 사진 꼭 한번 찍어보라고 신신당부했다.

　몇 시간 뒤, 사진 두 장이 날아왔다. 하나는 발목에 깁스를 한 다리 한 짝 사진이고, 다른 한 장은 그 문제의 가방이 다친 사진이었다. 다음 날, 그 가방의 심폐소생술을 위해 깁스를 한 채 가방을 품에 안고 백화점으로 갔다고 한다. 그런데 세상에, 가방 수리비가 50만 원이란다. 그 딸은 또 울면서 전화를 했다.

　"엄마, 돈 좀 보태줘. 엄마가 새로 사도 된다고 했잖아. 이건 새로 사는 것도 아니니까 한 번만 좀 봐줘!" 친구는 딸이 보내준 가방을 검색해 보았다. 딸의 말대로라면 그 가방은 150만 원이었다. 그런데 검색 정보랑 영 맞지를 않는다. 추리해 본 결과, 원래 250만 원짜리인데 엄마한테 혼날까 봐 값을 축소, 은폐하려 한 것이다. 결국 딸은 괘씸죄에 걸려 그 가방을 그대로 들고 다니기로 잠정 합의했다. 이렇게 '우리 아기 사건'은 마무리 되는 듯했다.

이 이야기에는 후속편이 있다. 그 친구의 생일날, 딸한테서 전화가 왔다. 자기가 큰맘 먹고 엄마 선물 좋은 걸 하나 해서 보냈으니 마음에 들면 좋겠다. 기대해도 좋을 거다. 그런 전화였고, 친구는 택배 하나를 받았다. 그 안에는 누가 봐도 알아보는 명품 로고가 새겨진 가방과 생일 카드가 들어 있었다. 생일 카드에는 작은 글씨로 이렇게 적혀 있었다.

'엄마, 엄마도 내일 이 가방 메고 출근해! 이거 내가 열심히 아르바이트 해서 좋은 걸로 하나 산 거야! 내일 쫘악 걸치고 가서 사무실 한 바퀴 돌아! 그리고 그 부서에 젊은 가시나들 기를 싹 다 꺾어 버려!'

엄마는 딸이 기죽을까 봐 걱정하고, 이제 그 딸은 커서 자기 같은 딸아이들과 같이 근무하는 엄마가 되레 기죽을까 봐 신경이 쓰이나 보다. 그 엄마는 가방 자랑보다도 딸 자랑이 하고 싶어 내일이 기다려졌다.

다행이다

CS 팀장으로 있었을 때다. 의사 한 명이 얼굴을 붉으락푸르락하며 찾아왔다. 직원 인사 교육 좀 제대로 시키라고 한다. 억양으로 보면 종로에서 뺨 맞고 한강에서 나한테 와서 화를 내고 있는 모양새다.

특히 외래에 있는 한 직원은 나를 빤히 쳐다보면서도 인사를 안 하더라. 한 번은 어쩌다 그럴 수 있다고 생각했는데 오늘 또 그러는 걸 보니 기분이 영 나쁘다. 나한테도 인사를 안 하는 사람이 환자들한테는 제대로 인사 하겠나. 그렇게 말하며 자기 생각 굳히기에 들어간다. 이 의사는 그해, 병원 경영진에 올랐다. 정말 병원이 걱정되어서 하는 말 같지는 않다. 직위에 걸맞은 권위를 요구하는 소리로 들렸다. 벽에 걸어둔 액자 속의 '섬기는 병원'이라는 말이 무색하다. 이 사람이 경영진에 있는 동안 '섬겨야 할 병원'이 될 수도 있겠구나 싶었다.

그 의사는 내가 직장 초년생일 때 동대구역 광장에서 만난 적이 있다. 멀리서 걸어오는 모습을 보고 서로 동시에 알아봤다. 먼저 가벼운 목례를 해 보이니 손을 번쩍 들고 "어이, 곽 간호!"라고 하며 다가왔다. 광장에는 여기저기 사람들이 많았다. 병원이라면 또 그럴 수 있다고 쳐도 벌건 대낮에 병원도 아닌 곳에서 나를 그렇게 부르다니, 창피했다. 간호사라는 게 부끄러운 게 아니라 갑작스레 내 정체가 일부 드러난 것이 당황스러웠다. 적어도 동대구역 광장에서는 어울리지 않는 호칭이다. 게다가 '간호사'도 아니고 '간호'라니, 교양 없는 지식인이다.

　"선생님. 조금 전에 그 곽 간호라고 세상에 외치셔서 깜짝 놀랐습니다. 그거 국가 기밀인데 동대구역에서 터트리네요."라고 돌려서 말했다. 그는 뼈 없는 농담으로만 여겼다. 본인이 나한테 무슨 짓을 했는지 기억도 못 하면서 이번에는 다른 사람이 자기한테 먼저 인사를 하지 않았다고 기분이 나빴나 보다. 이기적 유전자다.

　우리 병원은 대구 시내에 있는 종합 병원 중에서 제일 후발 주자였다. 하지만 컨설팅 회사의 조사에 의하면 병원 이미지는 우리 병원이 가장 친절하다고 한다. 친절함이 우리 병원의 무기인데 이 무기마저 사라지고 선두 자리를 빼앗기게 되면 앞서 나갈 동력을 잃어버리는 것과 같다. 우리 부서의 존재 이유는 이것이다. 여태까지는 순항하며 내외부적으로 성과를 내며 입지를 굳혔다. CS팀으로 온 지 5년 차로 들어섰을 때, 내 나이는 오십 대 초

반을 넘어가고 있었다. 그 나이가 되어야만 알 수 있는 것이 있듯이, 어느 순간 내게 위기가 찾아왔다.

부서장 회의에서 부서장 순환 보직제라는 말이 나왔다. 유리잔 속의 태풍을 예고했다. 세월이 흐르면 사람만 늙어 가는 게 아니라 병원도 늙어 갔다.

병원 창립 기념일이 되면 근속자에게 모범상을 시상하는데, 어느새 10년 근속자보다 20년 근속자, 25년 근속자가 더 많아졌다. 우리나라 전체가 인구 고령화 시대에 돌입했다는데, 우리 병원 역시 예외는 아닌 듯했다. 병원의 발전을 위해서는 세대 교체가 필요하다. 젊은 피를 수혈하기 위한 여러 방안을 구체적으로 논의해야 할 때다.

문제는 교체되어야 할 세대에 내가 들어가 있다는 것이다. 더이상 남의 이야기가 아니다. 한번은 청첩장을 가지고 온 직원이 있었다. 자기 엄마 나이가 나와 똑같았다. 남편이 학교에서 가르치던 제자라며 알은체하는 간호사도 나타났다. 신입 직원들도 딸과 비슷한 또래라 내 나이가 실감나기 시작했다. 이제 신입 직원과 갈등을 빚을 때 그들의 부모와 의논하거나 상담하는 일도 별로 대수롭지 않을 나이가 되었다.

동년배 사이에서는 명예퇴직 이야기가 자연스럽게 오가기 시작했다. 발 빠른 친구는 미래 퇴직금을 계산했다. 그만둬도 굶어 죽지는 않으려나 보다. 그다음 해, 대대적인 인사철이 되었다. 나는 순환 보직제라는 명목하에 행정처에서 환자가 있는 병동으로 돌아왔다.

직급은 변하지 않았지만 행정처 팀장에서 간호처 수간호사로 직책이 바뀌었다. 유니폼도 바뀌었다. 일부 사람들은 좌천된 것 아니냐, 왜 늙은 나무를 옮기려 하느냐면서 위로와 동정을 보냈다. 그건 내게 위로가 되지 않았다. 막연하게 생각하던 것들이 갑작스럽게 현실로 다가오자 온갖 생각이 들끓었다. 무엇을 해야지, 무엇을 해볼까, 하는 생각은 더 이상 들지 않았다. 열심히 해보고 싶은 생각도 연기처럼 사라져 버렸다. 복도를 지나면 달라진 입지가 피부로 느껴졌다.

전에는 '나의 인사 점수는 몇 점일까? 인사 지수 개발하기', '우리 부서 인사왕을 찾아주세요', '칭찬 직원 되어 제주도 가보자 투표하기' 등 다양한 캠페인을 펼치며 분위기를 조성했다. 한 발짝 앞에 나가, 그야말로 영혼을 갈아넣으며 일했다. 하지만 이제는 그들이 내게 인사를 하지 않는 것이 아닌가. 어? 이 반응은 뭐지? 이것이 내 CS팀 근무 성적표라는 말인가? 그동안 CS팀에서 난 뭘 한 거지? 서운함, 괘씸함…… 별 감정이 다 머릿속을 들락거렸다.

그동안 나는 값싼 감정에 휩싸여 현실을 제대로 읽지 못하고 있었다. 이제 나의 시간이 다가온 것뿐이었다. 어쩌면 그동안 나에게 인사한 게 아닐지도 모른다. 내가 입은 유니폼을 보고 인사했고, 나의 직책에 인사했던 것이다. 그동안 인사는 먼저 본 사람이 하는 거라고 교육해 왔다. 그렇다면 이제는 내가 실행할 차례다.

그렇게 마음을 정리하고 난 다음부터 식당, 복도, 어디서든지, 어떤 유니폼을 입고 있든지, 내가 먼저 인사했다. 속이 편했다. 인사人事가 만사라고 하더니, 정말 맞는 말인것 같았다. 인사를 받은 사람 중에 응답하지 않는 사람은 거의 없었다. 그것으로 되었다. 이제부터는 일을 잘하는 것보다 사람한테 더 잘해야겠다. 퇴직하기 전까지 그럴 시간이 아직 남아 있다는 것! 그동안 미흡했던 인간관계를 회복할 시간이 남아 있다는 게 참으로 다행이다.

제주도는 알고 있다

　　8남매 중 둘째인 남편과 셋째인 시동생이 올해 퇴직했다. 두 집은 의기투합하여 부부 동반 제주도 여행을 가게 되었다. 부부가 함께하는 여행은 편할 수는 있어도 그리 설레지는 않았다. 동서도 일정에 쫓기지 말고 발길 닿는 대로 다니며 좀 쉬었다가 오자고 했다. 비로소 여행을 즐길 수 있으려나? 말수가 별로 없고 수동적인 성향이 강한 조합이다. 나 혼자 바쁠 것으로 예상이 되었으나, 설마설마하는 마음으로 떠나게 되었다. 퇴직이 가까워져서인지 5박 6일 동안의 휴가 신청도 순조로웠다. 불과 몇 년 전까지만 하더라도 여기저기 걸리는 게 많았다. 며칠씩 자리를 비운다는 건 집안에 경조사라도 나지 않는 이상 엄두도 못 내는 일이었다. 하지만 이제는 세월이 내 존재의 가벼움을 대변해 주는 것 같았다.

　제주도 여행이 시작되었다. 남편이 운전석에 앉았다. "자, 이제 어디로 모실까?" 내비게이션에 손가락을 댄 채 목적지를 묻는다. "점심은 뭐 먹을래? 저녁은 뭐 먹을래?" 계속 뒤에 앉은 동서와 내게 물었다. 두 남자는 계속 묻기만 했다. 어디에 가자든지, 무엇을 먹자는 말은 하지 않았다. 두 사람이 약속이라도 한 건가? 그동안 고생한 집사람들을 배려해서 작정하고 서비스를 하는구나! 처음에는 선의로 받아들였지만 착각이었다. 두 사람은 머리 안 쓰기 혹은 생각 안 하기의 끝을 보여 주었다. 직장에서 두 사람은 결정하고 책임져야 하는 위치였다. 여행에서만이라도 해방감을 만끽하고 싶었는지도 모른다. 사실 나도 속 편한 여행을 하고 싶었는데. 이미 전세는 기울어졌다.

동서와 나의 SNS 검색으로 사나흘은 별 무리 없이 순조롭게 잘 넘어갔다. 텔레비전에 나왔던 통갈치구이로 동서의 소원도 이루고, 전복과 낙지가 들어간 뜨거운 해물 라면도 먹고, 딱새우회도 두말없이 결제해 주었다. 하지만 일정을 전적으로 나와 동서에게 의존하다 보니 "어디 갈래?"라는 말이 점점 다그치는 말로 들리기 시작했다. 숙소도 5일 내내 같은 곳이었던지라, 제주도의 아침 풍경도 사흘 정도 지나니 일상처럼 익숙하게 느껴졌다. 다음 날은 내가 먼저 물었다. "어디 가 보고 싶은 곳 없으세요?" 서로를 쳐다보며 머쓱하게 웃는다. 돌아오는 대답은 "뭐 그런 거 없다. 당신 가 보고 싶은 곳이 내가 가보고 싶은 곳이다." 정말 노답이다.

두 남자는 100m를 힘껏 달린 후 탈진한 선수처럼 의욕이라고는 전혀 없어 보였다. 머리 쓰는 일은 아무 것도 하지 않기로 작정한 것처럼, 여행이 아니라 요양을 하러 온 사람 같았다. 둘 다 최신 아이폰에 데이터, 용량, 둘 다 빵빵한 비싼 요금제를 쓰고 있었다. 전날 밤에도 숙소에 돌아와서는 충전부터 했다. 온종일 돌아다니는 동안 정작 그 휴대폰은 액세서리였다. 카톡이나 문자, 인터넷 뉴스만 들여다볼 뿐, 세상사에는 관심이 없어 보였다.

동서와 내가 남편들을 세워놓고 열심히 이렇게 저렇게 사진을 찍어 줘도 남편들은 대신 찍어 주는 법이 없었다. 첫날에는 우물쭈물했지만 이제 "저쪽에 한 번 서보세요." 하면 학습이 되었는지 얼른 가서 포즈를 취했다. 장소는 매번 달랐지만 카메라 앞에서의 포즈는 어딜 가나 똑같다.

숙소로 돌아와 찍었던 사진을 보는데 화가 났다. 전부 남편 사진이고 내 사진은 거의 없다. 내가 전속 사진사도 아니고! 다음 날부터는 참다못해 "자리 좀 바꿔볼까요." 하고 말했다. 그러면 자리를 바꿔 사진을 찍어 달라는 소리인데, 진짜 자리만 바꾼 채 해맑은 얼굴로 쳐다보고 서 있다. 정직한 삶을 살아온 외길 인생의 소유자인 것만은 분명하다.

여행 마지막 날 밤이다. 말을 안 한다고 해서 아무 생각도 없는 여행은 아니었나 보다. 웬일인지 숙소에 돌아온 남편이 자신의 여행 이야기를 풀어놓는다. 여행은 초등학교 때 해운대로 간 게 처음이었다고 한다.

모래사장에서 친구들이랑 신발 멀리 날리기 놀이를 하다가 운동화 한 짝이 파도와 함께 바닷물에 휩쓸리고 말았다. 학교 다닐 때는 8남매 중 장남인 형에게 교복이며 가방이며 옷가지며 모든 걸 물려받았는데, 신발도 형이 새 운동화를 산 후에 남은 헌 운동화를 신어야 했다. 그 운동화는 손가락 하나가 쑥 들어갈 만큼 헐렁해서 땅에 질질 끌고 다닐 때가 많았는데, 그만 그 운동화를 바다에 빠뜨리고 만 것이다. 그날 밤, 자려고 누웠는데 밤새도록 여관방 천장이 빙빙 돌고 흰 운동화가 둥둥 떠다녔다. 큰일 났다 싶어서 자는 둥 마는 둥 끙끙 앓다가 날이 새자마자 일어났다. 남은 신발 한 짝과 여관집 주인 슬리퍼 한 짝을 신고 바닷물의 끝자락을 따라가며 바다를 한없이 두리번거렸다. 그리고 발견했다.

"우와, 세상에! 내 신발 한 짝이 거짓말처럼 바닷물에 잠겨서 파도에 밀려나는 걸 봤다니까. 정말 신기하지?" 우째 그런 일이? 거짓말 아니야? 우리들의 의구심에도 아랑곳하지 않고 목청은 높아진다. "정말이라니까! 밀물 때문에 밀려갔던 내 신발이 썰물 때문에 돌아온 거지." 정말로 신기했다. 50여 년 전의 이야기를 마치 어제 일처럼 들떠서 이야기한다. 거짓말 같지는 않다. 말을 안 했으면 안 했지 거짓말을 할 사람은 아니다.

일상 같은 여행도 어느덧 마지막 날이 되었다. 서귀포의 이른 아침은 안개로 가득 찼다. 달리는 차는 영화의 마지막 장면처럼, 미궁 속으로 빨려 들어가듯, 가늠할 수 없는 길을 달리고 있다. 남편은 퇴직 후 무얼 하려는지 말을 아끼고 있다. 어떻게 살 것인지, 무얼 할 것인지, 남편에 대해 궁금한 건 많아도 그냥 좀 기다려야 될 것 같았다. 차창에 우리 모습이 비친다. 남편은 왜 신발 이야기를 하고 싶었던 걸까? 밀물이랑 썰물이 왜 생각났을까? 남편의 무의식에서는 지금 무슨 일이 일어나고 있는 걸까?

퇴직금 정산은 다 했냐고 물었다. 한참 뜸을 들이다가 겨우 한 마디 한다. "내가 태어나서 지금까지 늘 빚 없이 한번 살아보고 싶었거든. 근데 그게 60년 걸렸네!" 그 60년이라는 세월 동안 밀물과 썰물을 반복하며, 때로는 휩쓸려 가기도 하고, 때로는 모든 걸 잃어버리기도 했다. 하지만 밤에 자고 일어나니 자기 자리를 찾아왔던 그 신발처럼, 이제 남편도 온전히 자신의 자리를 찾았다는 신호 같았다. 집에 돌아가면 제일 비싼 구두 한 켤레를 선물해 줘야겠다. 나중에 형이 부러워하거나 말거나, 발에 딱 맞는 크기로 말이다.

홍콩에서 만난 나

　　　　　　직장 내 영어 동아리 회원들이 일을 냈다. 서로
다른 부서, 서로 다른 직책의 직원들이 좌충우돌 영어 회화를 2
년 넘게 해 온 동아리였다. 직원 복지의 일환으로 진행되는 '해
외 배낭여행 단체 지원 프로그램'에 지원서를 내고, 10대 1의 경
쟁률을 뚫고 선정되어 여행길에 올랐다. 여행 경비 일체를 지원
받고 병원 홍보 글을 SNS에 열심히 올리기만 하면 된다. 모든 수
업에는 이론과 실습이 있듯, 우리도 영어 실전이 필요하다는 명
분이었다. 어학연수는 너무 거창하고 어학 여행이라는 이름을 걸
고 홍콩행이 결정되었다.

　대구 공항 대기실에 앉아 있는데 어떤 사람이 '대표님' 하고
부르며 지나간다. 마침 우리도 직장에서의 호칭을 여행에서도 그
대로 부르는 건 적절하지 않을 것 같아 '대표님'으로 부르자고
제안했다. 동료들과도 일사천리로 합의되었다. 처음에는 부르는

사람도, 불린 사람도 낯설어했다. 꼭 남의 옷을 입은 것처럼 서로 어색했다. 하지만 여행 내내 돈이 들지 않는 대표님 놀이는 즐거웠다. 호칭이 주는 힘은 분명 있다는 걸 느꼈다.

　도착 첫날! 침사추이의 한 호텔에서 짐을 풀었다. 창밖을 내려다보니 맞은편 건물에 편의점이 보인다. 눈에 익은 '세븐일레븐'이다. 우리 동네에서 본 세븐일레븐이 '동네 편의점'이 아니었다. 세계 곳곳에 체인점을 둔 '기업으로서의' 세븐 일레븐이었다.

　평수나 규모가 그렇게 큰 것도 아니고, 물건이 다양하게 많은 것도 아니고, 그저 생필품만 있을 뿐인데 이 정도 규모로 온 지구에 뻗쳐 나갈 수 있다니. 그 대표의 경영 전략은 정말 대단하지 않은가? 글로벌 기업이 거대한 괴물처럼 지구의 상권을 야금야금 잠식해 가고 있다고 생각하니 개인은 도저히 따라잡을 수 없는 견고한 벽처럼 느껴지기 시작했다. 시간이 훌쩍 지난 후에는 담배 파는 구멍가게는 물론 아파트 상가의 마트 주인마저도 이런 대기업한테 자리를 내어 주게 될지도 모른다. 첫날부터 생각이 많아졌다.

　6월의 홍콩은 습하고 덥다. 조금만 걸어도 땀이 삐질삐질 새어 나온다. 시원한 곳을 찾아 시내를 돌아다니다가 찬바람이 흘러나오는 건물 안으로 빨려 들어갔다. 우리나라는 에어컨을 켠 채로 문을 열고 영업하면 규제를 받는데, 이곳은 상관이 없나 보다. 입구에 허리춤에 무전기를 차고 검은 정장을 입은 젊은 남자가 서 있다. 보안 요원 같다. 매장에는 한눈에 봐도 명품임을 알 수 있는 상품이 진열대 한 칸씩 공간을 장악한 채로 화려한 조명의 위엄을 누리고 있었다.

Dior 시계 하나가 눈에 들어왔다. 고급스러운 화려함이 아니라 '진지하고 귀하고 소중한 것'이라고 붙여놓은 것처럼 보였다. 폰으로 검색해 봤더니 시가 오천만 원이다. 이미 시간을 확인하기 위한 시계, 그 이상의 가치가 담겨 있다는 소리다. 이 시계의 주인이 될 사람들은 어떤 사람일까? 이 시계로 무엇을 나타내고 싶은 걸까? 언젠가 TV에서 인기 연예인이 드레스 룸 서랍을 열자 수십 개의 시계가 우리 집 양말처럼 수납되어 있는 걸 본 적이 있다. 이렇듯 시계란 누군가에게는 안경처럼 필수품이지만 또 누군가에게는 액세서리이자 소장품이고, 또 다른 누군가에게는 돈과 같은 자산이기도 하다.

주변 사람들이 나의 촌스러움을 눈치채지 못하게 쇼윈도를 무심한 듯 지나치면서 속으로 이렇게 되뇌었다. '어쩌면 사람들은 시계가 필요한 게 아니라 그 시계가 담고 있는 브랜드의 가치가 필요한 걸지도 몰라. 그렇지만 나에게 시계란 그저 시간이야. 돈을 주고도 살 수 없는 시간! 내가 비록 저 시계를 사지는 못한다 하더라도 난 오천만 원 이상의 가치 있는 시간을 살면 되는 거야!' 앞으로 저 시계가 생각날 때마다 오천만 원만큼의 가치 있는 시간을 살고 있는지 스스로를 돌아보게 될 것이다.

여행 이틀째, 숙소 가까이에 있는 퀸 엘리자베스 병원에 가 보왔다. 병원 건물 입구에 세면대가 있어서 방문객들이 손을 씻고 병원 안으로 들어가는 장면이 인상적이었다. 병원 안으로 들어서니 병원은 아픈 사람들의 공간이라는 현실감이 확 느껴졌다. 누가 봐도 환자인 사람들과 보호자들이 있었다. 누가 봐도 여행자인 우리가 어떤 병원인지 둘러보기에는 경박한 것 같았고, 또 예의가 아닌 것 같았다.

만약 세상을 둘로 나누라고 한다면 병원 안과 병원 밖으로 나눌 수 있을 것이다. 병원 문 하나를 두고 세상의 색깔이 너무 다르다. 빛과 어둠의 농도 차이가 확 느껴졌다. 일상을 병원 안에서 지내다가 병원 밖으로 나오니 비로소 병원 전체가 보인다. 환자들이 환자가 아니라 한 사람으로 보였다. 그동안 환자에게 잘하려고 노력했던 시간보다는 일을 잘하려고 애쓴 시간이 더 많았다. 그들 눈에는 내가 어떻게 비쳤는지 모르겠다.

홍콩 하면 마천루다. 최고 높이는 108층이란다. 홍콩을 여행하는 동안 이 마천루를 여러 각도에서 보게 되었다. 피크 트램이라는 산으로 올라가는 열차를 타고 올라가면서도 보고, 산꼭대기 위에서 내려다보기도 하고, 바다에서는 페리호 선상에서 지나가면서도 보고, 밤에는 레이저 쇼로도 보았다. 그러고 보면 이 홍콩의 자원은 바로 하늘을 찌를 듯한 이 마천루가 아닐까?

그럼 우리 병원의 자원은 무엇일까? 전에는 망설이지 않고 제자리에서 묵묵히 최선을 다하는 직원들, 그리고 가톨릭 이념이라고 말했다. 하지만 이제 병원 노조가 결성되고, 희생과 봉사는 노동력 착취이며 갑질이 되어 버렸다. 앞으로 이 공동체가 어떻게 일치를 이루며 나아갈 것인지 불안하기도 하고 걱정도 되었다. 상처를 봉합했다고 해서 다 나은 게 아니듯, 보이지 않는다고 아무 일도 일어나지 않은 건 아니니까 말이다. 휴대폰을 열어 보면 '프로그램을 업데이트 하시겠습니까?' 라는 메시지가 뜨고 원하면 버튼을 누르라고 한다. 누르지 않으면 기존의 정보만 계속해서 보게 된다. 지금 우리는 '업데이트 하시겠습니까?' 라는 숙제를 받은 것 같다.

　몇 년 전, 유럽 학회에 갔다가 호텔 냉장고에 있던 500$m\ell$ 에비앙 생수를 생각 없이 마시고 18000원을 낸 적이 있었다. 이번에도 비슷한 일이 벌어졌다. 호텔 냉장고에 마시고 남은 음료나 맥주를 넣어두었다가 마지막 날 전부 꺼내 마셨다. 체크아웃을 위해 최종 점검을 하던 총무가 부가가치세가 붙은, 암묵적으로 손대지 않기로 한 칭다오 맥주 하나가 없어졌다는 걸 깨달았다. 긴급 회의가 열렸다. 옆방의 냉장고에서 같은 맥주를 찾아서 사진을 찍은 다음 세븐일레븐으로 뛰어 갔다. 똑같은 맥주를 사 와서 채워 놓기만 하면 감쪽같을 거라 생각했다. 그런데 없었다. 있을 것 같은데 없었다. 몇 군데나 더 찾으러 다녔는데도 이상하게 그 칭다오 맥주만은 없었다. 결국 그냥 비싼 맥주를 마셨다고 생각하기로 했다. 직장에 돌아가서는 "밤 근무 하나 더 하면 되지." 하고 너스레를 떨었다. 술이 약한 게 문제였을까, 술이 과한 게 문제였을까?

나는 늘 자유로워지고 싶었다. 일상에서 떠나고 싶었다. 내게 여행이란 자유를 의미했다. 하지만 막상 일상에서 벗어나 여행을 했는데도 마냥 자유로운 것 같지는 않았다. 내가 꿈꿔왔던 건 여행이었을까, 자유였을까? 오래전에 선배 언니가 해준 말이 생각났다. "나는 여행을 좋아하지. 공항을 벗어나는 순간 모든 건 내가 결정해야 한다는 거야. 내가 가고자 하는 길은 내가 선택하고 내가 책임져야 했지. 철저하게 혼자지만 그게 자유야."

이번 여행은 나를 알아가는 시간이었다. 여행을 시작할 때는 별생각 없이 재미로 이름 붙였던 '대표님'이라는 호칭은 내가 대표답게 생각하고 행동하게 만들었다. 무언가에 이름을 붙인다는 건 의미를 부여한다는 뜻이다. 다음에 기회가 되면 또 어떤 이름을 붙일지 고민을 좀 해봐야겠다.

놀고먹고 여행하는 동안에 멀리 떨어져 있는 내 직장에서 월급을 보냈다고 문자 알림이 왔다. 내가 놀고 있을 때도 내게 월급 주는 곳, 여행에서 돌아가면 난 아무 소리 말고 충성해야겠다. 내게 직장이 있다는 건 얼마나 감사한 일인가!

소망

시간은 무한한데 각자에게 주어진 시
간은 정해져 있는 것 같다. 우리는 그
시간의 끝을 향해 조금씩 조금씩 걸어
가고 있다. 그 시간이 언제 나에게 다가
올지는 아무도 모른다.

은총 잔치

　　　　　　성탄절 오후, 주일 학교에서 은총 잔치가 열렸다. 거래 수단은 은총 카드다. 아이들은 1년 동안 적금처럼 은총 카드를 모았다. 미사에 참례하기, 친구 도와주기, 부모님 말씀 잘 듣기, 성경 퀴즈 알아맞히기, 미사 시간에 앞에 나가 성경책 읽기 등등. 그때그때 은총 카드가 쌓였다. 12월에도 산타 할아버지가 찾아오지 않는다는 걸 알게 된 아이들은 성탄절보다 은총 잔치를 더 기다리는 듯했다.

　주일 학교 교사들은 행사보다 아이들의 잔치가 되도록 동분서주했다. 인기 품목을 사전조사하고 선물을 사러 다녔다. 비용의 일부는 성당에서 지원하고, 나머지는 교우들의 기부로 마련되었다. 테니스 라켓, 야구 글러브, 킥보드, 인형, 포켓몬스터 카드 등등, 종류는 다양했지만 아이들에게 최고로 인기를 끈 것은 작년에 이어 올해도 닌텐도 게임기였다. 시가 35만 원에 상당하는 수준이다. 은총 카드 35장을 모아야 살 수 있는데, 혹시라도 35장 이상 모은 사람이 많으면 행사 마지막에 경매로 진행하기로 했다. 35장도 큰 숫자다.

올해 주일 미사를 한 번도 빠트리지 않고 참여해도 52장이다. 그런데 어른도 모으기 힘든 80장을 모은 대단한 아이가 있었다. 아이의 성실성은 주일 학교의 전설로 남을 법했다. 주일 미사는 물론이고 평일 미사도 항상 할아버지의 손을 잡고 왔고, 엄마가 하는 봉사 활동도 따라다니며 사탕처럼 은총 카드를 챙겨 갔다. 온 마을이 아이 하나를 키운다는 말처럼, 성당에도 잘 나오고 인사성도 바르고 늘 싱글싱글 웃는 상이어서 항상 칭찬이 따라다녔다.

드디어 은총 잔치가 시작됐다. 부모가 은총 잔치에 들어가는 건 금지되어 있었다. 부모님의 간섭 없이 아이들이 마음껏 선택하게 하기 위해서다. 나이가 어릴수록 의식의 흐름을 따라갈 것이라고 생각한 건 오산이었다. 그들도 나름대로 다 생각이 있고 기준이 있는 듯했다. "우리 엄마가 좋아할 것 같아서요." 하며 프라이팬을 사서 나오는 아이도 있었고, "동생 주려구요." 하는 아이도 있었다.

다른 한편에서는 여자아이가 재잘대며 기쁨을 숨기지 못하고 있었다. 자기 덩치보다 더 큰 인형을 어깨에 짊어진 채였다. 은총 잔치에 있는 가장 큰 인형을 차지한 것이다. 아이의 엄마는 웃지도 못하고 울지도 못하는 표정으로 아이의 손에 이끌려 집으로 간다. 아이는 몇 걸음 가다 말고 "엄마, 나 인증샷 좀 찍어줘! 친구들한테 자랑할래." 하며 기세등등하게 말한다. 원하는 걸 손에 넣었을 때, 이미 그건 인형이 아니라 이 세상을 손에 넣은 것이다.

늦둥이로 태어나 가족들이 애지중지하던 한 아이에게도 사건이 일어났다. 매일매일 은총 카드를 세어보면서 은총 잔치를 기다리고 있었던 모양이다. 하루는 거실 탁자에 은총 카드가 널브러져 있는 걸 보고 엄마가 "네가 관리 제대로 안 하면 엄마가 치워버릴 거야."라고 말했다. 그때부터 아이는 은총 카드를 숨길 장소를 물색하기 시작했다. 엄마가 찾지 못할 곳으로 말이다. 이곳도 안전하지 않은 것 같고, 저곳도 좀 위험한 것 같고, 그러면서 날마다 장소를 옮겼다.

자기 딴에는 엄마로부터 완벽하게 숨겼다고 생각했다. 그게 문제였다. 행사 전날, 어디 숨겨 놓았는지 잊어버린 것이다. 비상사태다. 저녁 내내 대성통곡을 하며 나라 잃은 것보다 더한 슬픔으로 울고불고 난리가 났다. 식구가 총출동하여 밤새 보물찾기라도 하듯 온 집안을 다 뒤졌다. 하지만 단 한 장도 찾아내지 못했다. 결국 "내일 시내에 나가자. 네가 사고 싶은 거 사줄게." 하며 겨우 꼬셔서 백화점으로 직행하는 바람에 잔치에 출석하지 못했다. 하필 이 아이의 아버지는 기부금을 제일 많이 냈던 터라, 그를 지켜본 사람들이 안타까운 시선으로 동정과 연민을 표했다. 은총이 우리가 그린 그림과는 다른 것 같다.

기다리고 기다리던 닌텐도 경매가 시작되었다. 카드를 80장 모은 아이는 초지일관 닌텐도 외에 다른 것에는 한눈도 팔지 않았다. 경매가 시작될 때까지 80장의 은총 카드를 두 손으로 꼭 움켜잡고 있었다. "80장!" 결정적 순간이다. 아이가 수줍게 외친다. 우와, 모두의 이목이 집중되었다.

하지만 뒤편에서 들린 짧고 굵은 한마디! "83장!" 모두가 깜짝 놀라 뒤돌아본다. 초유의 사태다. 형이랑 동생, 둘이 온 형제가 은총 카드를 합쳤다. 인수 합병이 극비리에 진행된 셈이었다. 은총 잔치 마당에서는 생각지도 못한 대이변이었고, 80장을 부른 아이에게는 대참사였다. 이로 인해 평탄하던 은총 시장에 주식 폭등이랄까, 주식 반등이랄까, 아무튼 경제의 흐름이 바뀌게 되었다.

공정해야지! 반칙이잖아! 등 여러 말이 나올 법도 하건만 아이들 시장에서는 그런 말도 나오지 않았다. 다만 저건 내 것이 될 수 없다고 결정이 난 순간, 닌텐도에 올인했던 아이는 엉거주춤 일어났다. 아이의 플랜 B가 가동되기 시작했다. 이제 뭐라도 건져야겠다는 생각이 든 모양이다. 아이는 땀에 절어 있던 80장의 은총 카드로 다른 무언가라도 사려고 둘러보았다. 하지만 은총 시장은 이미 폐장이 가까워지고 있었다. 다급히 시장 안을 기웃거려 봐도 살 만한 건 이미 다른 친구들이 다 차지하고 난 후다. 아이는 거품이 되어 버린 은총 카드 80장을 끝내 손에서 놓지 못한 채 "엄마!" 하고 울음을 터트리며 엄마 품에 안겼다. 생방송으로 지켜 보고 있던 선교위원장이 뒤따라가면서 "너도 내년에는 네 사촌 동생 데리고 와! 너도 합치면 되잖아!" 한다. 아! 이 아이가 먼 훗날 어른이 되어 기억하는 은총 잔치는 어떤 모습일까? 아무래도 그 아이의 은총 카드 80장은 그동안 어른들께 받은 칭찬으로 퉁쳐야 할 것 같았다.

나를 이끄시는 분

　　1982년! 오매불망하던 그 대학교에는 엘리베이터가 있었다. 걸어서 다녀도 되었지만 난 그 엘리베이터를 즐겼다. 엘리베이터를 타고 3층에서 내리면 강의실이 있다. 학년마다 딱 한 반씩만 있었고 정원은 40명이었다. 졸업하고 나면 동산병원 간호사가 될 수 있었고, 동문회 연락처를 보니 미국, 독일 등 영어로 된 주소지를 둔 선배들도 많았다. 교수님 중 한 분은 본교 출신이었는데, 미국 현지에서 간호사로 근무하다 오신 분이셨다. 우리 학교와 간호사에 대한 자부심을 가득 채워주셨다. 수술 전 마취가 시작된 것처럼 나의 의식도 거기에 서서히 빠져들어 갔다.

　　올림픽 시즌이 끝나면 예능 프로그램에서 선수들 인터뷰 영상이 종종 올라온다. 동메달보다 은메달이 더 잘한 것이지만 만족도는 동메달을 딴 선수가 더 크다고 했다. 은메달은 진 사람이 받는 것이고, 동메달은 이긴 사람이 받는 것이기 때문에, 마지막을 어떻게 장식하느냐에 따라 그 성취감이 다른 것 같다고 했다.

그 기분이 어떤 것인지 알 것 같았다. 내가 들어간 대학은 4년제 대학에서 떨어져서 오게 된 사람도 있었지만, 나는 떨어져서 오게 된 것이 아니라 내가 벼랑 끝에서 오게 된 대학이었다. 나는 다른 친구들과는 시작이 달랐고 대학생활의 즐거움이 달랐다.

대학생활의 꽃! 미팅이 시작되었다. 전문 대학이라고 얕잡아 보는 놈이 여기저기에서 튀어나왔다. 사회 통념상 전문 대학은 폄훼되고 있었고 머리를 들려고 하면 할수록 그들은 선민의식으로 나를 눌렀다. 내가 걸어 나가야 할 세상은 출발선이 다른 것 같았다. 나는 속으로 코웃음을 친다. '만만하게 보지 마라. 여기 들어오려고 나는 신에게 내 전부를 다 걸었다. 너도 네 전부를 걸어본 적 있나?'

미팅의 공식 메뉴! 남자가 내게 묻는다. "적성에 맞습니까?" 이 무슨 배부른 귀신이 씻나락 까먹는 소리인고! 그리고 내가 맞추는 게 적성이지 무슨 개뼉다구 같은 말인고! 내가 제일 좋아하는 말이 뭔지 아느냐? 눈물을 젖은 빵을 먹지 않고는 인생을 논하지 말라는 거다. 너 그 빵 먹어 봤냐!

그날 저녁에는 그놈의 적성과 맞대면 하느라 잠을 설쳤다. 살아 보니 적성에 맞고 안 맞고는 정말 중요한 문제였는데, 나는 적성에 적응하느냐 못 하느냐의 문제로 인식했던 것 같다.

처음 자기소개 시간에 '차라투스트라는 이렇게 말했다' 라며 기선을 제압하던 동기가 있었다. 이 동기는 나중에 데모를 이끌려다 기밀 누설로 사복 경찰한테 불려 가기도 했다. 인간 승리자라고 불린 나보다 더 가난한 소녀 가장도 있었는데, 1년 휴학하고 자기 힘으로 아르바이트를 해서 들어왔다. 다양한 사람들을 많이 만났고, 훨씬 똑똑하고 잘난 사람도 많이 만났다. 인격적으로 내가 존경할 만한 사람도 많이 만났다. 대학에 오지 않았으면 결코 알 수 없었던 세상의 사람들이었던 셈이다.

입학하고 일주일이 안 되었을 때, 선배들 사이에 유명인이 하나 있었다. "이번 신입생 중에 명물 하나 있다며?" 그 소문의 아이는 고급 유머를 구사했고 학년 전체 미팅 섭외도 곧잘 해왔다. 학교 축제가 시작되면 동산병원 네거리에 서 있다가 사람들을 헌팅해서 능력 없는 아이들 파트너도 척척 구해다 주었다. 강의 시간에는 질문이 제일 많았다. 그 아이는 반에 적敵이 없었다. 그 인기를 몰아서 다음 해에는 과대표가 되기도 했다. 그 아이가 바로 나였다. 드디어 내 자리를 찾은 듯했다.

교양 과목 중에 2학점짜리 종교 과목이 있었는데, 목사님이 들어오셨다. 수업 일수보다 과제 점수가 더 큰 비중을 차지했는데, 일요일에 집에서 가까운 교회에 가서 예배에 참석하고 안내문을 가지고 오는 과제를 주셨다. 어! 나는 성당을 다니는데? 교회 친구한테 내 것까지 부탁하려고 하다가, 목사님의 인품을 보아 성당에서 발행하는 주보지를 제출해도 될 듯하여 그리 하였다. 종교의 자유는 있는 거니까!

하필 또 그 시기에 영적 호기심이 폭발하여 성경에 대한 궁금증이 너무 많았다. 성경을 신학적으로 접근하지 않고 과학적 이론으로 접근하려고 했다. 단짝이 말했다.

"넌 참 이상하다. 종교가 불교든 가톨릭이든 그냥 원래부터 그리 내려왔으니 받아들이고 믿으면 되지! 신은 우리 상상을 초월하는 분이라고 생각해. 하느님께서 천지 창조를 하시고 이레째에 쉬셨다고 하지만 하느님의 하루가 지금의 24시간이었을까? 시간은 우리 인간들이 만든 거잖아! 왜 자꾸 네 기준에서 분석하고 따지려고 하니?"

헉! 맞는 말 같았다. 뒤통수를 세게 한 방 맞은 것 같았다. 나중에 그 단짝은 대학을 졸업하고 홀연히 수녀원으로 들어갔고, 나는 더 이상 신께 질문하지 않았다.

교양 과목은 눈을 감고 들어도 A를 주는데, 목사님은 딱 두 명에게만 준 B를 내게 베푸셨다. 내 마음에도 비가 내렸다. 내가 믿는 하느님과 목사님이 믿는 하나님은 아무래도 다른 분 같았다.

2학년 2학기가 되자 가관식을 하고 처음 병원 실습을 나갔다. 엄마는 신신당부하셨다. "너는 촌에서 왔다고 사람 무시하지 말고, 옷차림 보고 사람을 판단하지 말거라. 나이가 많든 적든, 또 아무리 못 배우고 말귀 못 알아듣는 무식한 사람도 자기 무시하는 건 다 안다. 아파서 찾아 간 사람이 설움까지 당해서야 되겠나."

처음 실습을 나갔을 때, 당장 환자들 똥오줌 치워주는 일부터 맡게 되었다. 수간호사가 불렀다. "남의 똥을 치운다는 건 더럽고 냄새나는 일이다. 다른 사람들과 달리, 간호사에게 대변은 환자의 건강 정보다. 대변의 색깔, 묽기, 빈도, 양 등 배변 상태에 따라 질병을 유추할 수도 있고 치료 과정이나 경과도 알 수 있다. 남자나 여자로 생각하지 말고 그냥 한 사람으로 받아들여야 한다." 나는 깊이 새겨들었다.

나는 병동에서 간호사가 내 적성에 맞는다는 걸 깨달았고, 쉽게 확인할 수 있었다. 이상하게 실습만 나가면 환자들에게 인기가 좋았다. 그들이 건넨 고맙다는 말은 나를 성장시키고, 자존감의 단계를 한 층씩 올려 주었다.

입학 당시의 계획과는 달리, 졸업하던 해에 동산병원이 아닌 다른 병원으로 가게 되었다. 얼떨결에 한 번도 생각해 보지 않았던 가톨릭병원으로 건너가게 된 것이다. 아마 1월이었을 것이다. 국가 고시를 치르고 아직 결과가 나오기 전, 가톨릭병원 채용 공고가 게시되었다. 동산병원 공고는 아직 나오지 않았다. 기숙사에서 머리를 감던 중, 친구가 가톨릭병원에 이력서를 내는데 같이 가자고 했다. 그 친구 집은 가톨릭병원 바로 앞에 있었다. 이력서 쓰는 데 시간이 별로 들지 않을 것 같아 얼른 적어서 별생각 없이 따라갔다가 나만 붙었다. 무슨 일이 일어나는 건지, 마음의 준비도 없이 최종 면접까지 보게 되었다.

차분하고 침착해 보이는 간호과장 수녀님이 앉아 계셨다. 내게 왜 간호사가 되려고 하는지, 왜 동산에 남아 있지 않고 가톨릭에 오려 하는지 물었다. 나는 침착하게 대답했다. 대학을 나왔으니 이 사회의 지식인이라고 생각한다. 이제 내가 배운 것을 이 사회에 돌려주고 싶다. 간호사는 봉사하면서 돈도 벌 수 있는 멋진 직업이라고 하는데, 나도 그에 동의한다. 태어나서 한 번쯤은 의미 있고 가치 있는 삶을 살아보고 싶다. 만약 합격시켜 주신다면 나를 더 필요로 하는 곳이라 생각하고 감사한 마음으로 일하겠다.

그때 그 종교 시간에, 만약 목사님이 학점을 B로 주시지만 않았어도 나는 동산병원에 미련이 더 있었을지도 모르는데! 그런 생각도 떠올랐다. 분명 먼저 면접을 본 친구한테 한 질문은 이런 게 아니었는데, 왜 자꾸 이야기의 방향이 이쪽으로 흐르지? 어, 이러다가 내가 붙겠는걸! 직감은 틀리지 않았다. 대한민국 만세! 어느 날, 엄마가 이런 말을 하셨다.

"아무리 생각해도 그분이 자꾸 너를 이끌고 계시는 것 같다!"

예, 여기 있습니다

작년 결혼기념일 즈음, 가족 여행을 떠났다. 1월에 결혼을 한 터라 날씨는 추웠고 몸은 움츠러들었다. 아이들은 선뜻 제주도 비행기를 예약했다. 내심 내가 드디어 딸 덕을 보는구나 싶었다. 딸들이 짜 놓은 계획표에 성이시돌목장은 꼭 넣고 그 외 일정은 마음대로 하라고 했다. 이제 우리 집 식구들은 이 목장 이야기만 하면 나의 레퍼토리를 줄줄 외울 정도가 되었다.

이번 가족 여행도 무슨 좋은 일이 생겼으면 하는 기대를 하면서 그 길로 들어섰다. 성이시돌목장이 가까워지자, 목장답게 말똥 냄새가 서서히 창문 틈으로 새어 들어왔다. 도로는 여느 때와 달리 차가 막히고, 차는 천천히 움직였다. 도로가에는 긴 행렬을 이룬 사람들이 바쁜 걸음으로 앞서거니 뒤서거니 하며 가고 있었다. 드문드문 수녀님들이 보여서 무슨 가톨릭 행사가 있는 것으로 추측되었다. 우리 차도 따라 들어가 보니 이시돌 삼위일체 대성당 앞마당까지 가게 되었다. 건물 입구에 커다란 현수막이 걸려 있었다. 마침 가톨릭 제주 교구의 사제 서품식이 있는 날이라고 한다. 오우! 천사가 있다면 이런 축복된 날이야말로 만날 수 있지 않을까. 어떤 모습으로 천사가 나타날지 설레었다.

미사가 시작되기 전이다. 강당 안은 빈틈없이 만석이었다. 시간이 지나자 통로까지 막히기 시작했다. 30분 전부터 제주 교구 소속의 사제들이 미사에 입장하기 위해 중앙 통로에서 대기하고 있었다. 얼마 지나지 않아 거친 숨소리가 들려왔다. 몸이 뚱뚱하고 불편해 보이는 신부님 한 분이 사제들 사이에 서 계셨다. 한눈에 보기에도 오래 서 있기는 힘들어 보였다. 한 10여 분이 지났을까, "여기 의자 하나 없나?" 작은 목소리로 중얼거리며 주위를 둘러본다. 놀랍게도 그 말이 떨어지기 무섭게 없던 의자가 나타나 신부님 뒤에 놓인다. 신부님은 감사 인사를 전하며 "본명이 어떻게 되시나요? 오늘 미사 중에 기억할게요."라고 한다. 그 말을 들은 신사는 상기된 표정으로 원래 자리로 돌아갔다.

좌석 뒤편 서너 줄은 주로 봉사자 띠를 두른 사람들이 앉아 있었다. 한복을 입은 자원봉사자들이 한눈에 들어온다. 행사의 꽃은 역시 한복이다. 자원봉사자야말로 공동체를 위해 대가 없이 자신의 시간을 기꺼이 내어놓는 사람들이니, 저들이 오늘의 천사는 아닐까?

이번에는 여우 목도리에 밍크 숄을 걸친 사람이 눈에 들어온다. 봉사하러 온 사람치고는 과하게 화려하다. 저런 화려한 복장이 행여 그들의 수고를 덮어 버리지는 않을지 우려되었다. 여우 목도리에 검게 박힌 두 눈은 자신의 최후를 기억하고 있는 듯 보였다.

드디어 기다리던 서품식이 시작되었다. 강당 뒷문은 인파가 몰려 닫을 수가 없었다. 모두 약속한 듯이 10시에 일어서서 입당 성가를 부르기 시작했다. 그때였다. 대여섯 살쯤 되어 보이는 남자아이와 함께 아이 엄마로 보이는 덩치 큰 여자가 급하게 뛰어들어 왔다. 사람들의 시선이 따라간다. 앞쪽에 앉은 무리에서 사람들 머리 위로 손 하나가 쑥 올라오더니 기다렸다는 듯 그 아이를 잡아당겨서 데려갔다. 아이는 인파 속에 묻혀 버렸다. 순식간에 벌어진 일이라 아이의 손을 놓쳐 버린 엄마는 멍하니 서 있다가, 이내 포기했는지 뒤로 저벅저벅 돌아와 내 앞에 덜커덕 멈추었다.

강당 중앙의 미사 제대가 완전히 가려졌다. 꼼짝없이 이 사람 뒤통수만 바라보다 갈 형편이다. 여자는 한 손에 비닐 봉지를 들고 있었는데, 무언가를 찾고 있는 듯했다. 자꾸만 신경이 쓰인다. 차라리 내가 찾아 주고 싶은 마음마저 들었다. 나는 마음을 고쳐먹고 미사에 집중하기 위해 눈을 감았다. 이 사람 역시 이곳에 초대받은 사람이라며, 하느님과의 거리는 이 사람이 오히려 더 가까울 수도 있다며 최면을 걸었다.

그 앞의 여자는 주변 시선은 아랑곳하지 않지 않았다. 계속 부스럭거리고 꼼지락거렸다. 여느 모임 같았으면 큰소리가 나올 법도 한데, 강당 안의 사람들은 투명 인간을 보듯 그 여자의 존재를 여과시키고 있었다. 그때, 팔 하나가 내 옆을 지나 그 여자의 어깨를 툭툭 친다. "이쪽으로 와서 여기 앉으세요." 정적을 깨는 소리다. 주위 사람들이 신경 쓰지 않게 하려는 듯, 뒤쪽의 여자는 조심스럽게 속삭였다. 주변 사람들이 안 보는 듯하면서 다 보았다. 부스럭부스럭 소리를 내던 사람이 자리를 찾아가면서 드디어 상황이 종료되고 평화가 찾아왔다.

앞자리가 정돈되자 흩어져 있던 주변 사람들의 관심도 미사에 집중되기 시작했다. 가려졌던 내 시야도 뻥 뚫려 미사 제대가 직통으로 보였다. 자리를 내어준 사람은 정적뿐만이 아니라 내 굳은 사고의 틀까지 깼다. 조용히 할 때까지 모른 척하는 미온적인 태도나 방관보다는 기꺼이 자기 자리를 내어주는 것이 신앙이라고 말하는 것 같았다.

마침내 교구장께서 새 사제가 되려는 사람들의 이름과 세례명을 차례로 부르기 시작했다. "예, 여기 있습니다." 이름이 불린 이는 짧고 단호한 목소리로 대답했다. 그 말 한마디에 모든 게 다 담겨 있는 듯했다. 같은 시간, 같은 공간 속에서 제대 위의 세 사제들은 이제 교회에서 세상으로 파견되고 있었고, 강당 뒷자리에서는 신앙인으로 산다는 게 어떤 건지 보여주고 있었다.

한때 수녀를 꿈꾸었으나, 수녀가 되지 않았다고 신앙이 변하는 건 아니다. 인간으로서든 부모로서든 나의 부족함이 신앙 안에서 채워지기를 바라는 마음이다. 우리 아이들이 만나는 삶의 현장에서, 내가 찾고 있던 천사는 날개 달린 천사가 아니었다. 누구나 천사가 될 수 있다는 말을 해 주고 싶었다. 세상에 나가 누군가의 천사가 되어주고 또 천사를 만나기를 바란다.

"너 어디 있었니?" 나의 신께서 물을 때, 오늘은 나보다도 자리를 내어준 사람이 먼저 "예, 저 여기 있습니다." 하고 말할 것 같았다.

주시는 대로

　　우리 집 아이 셋 중에서 연년생으로 태어난 둘째는 선천성 심장병이 있었다. 좌심실과 우심실 사이에 미세 구멍이 하나 있고, 우심방과 좌심방 사이에도 미세 구멍이 있었다. 폐로 가는 혈류량이 부족해서 산소 부족 현상이 나타났다. 숨이 차는 바람에 덩달아 많이 먹지도 못했다. 자연스럽게 영양 부족이 따라오고, 체중은 또래보다 뒤처졌다. 우유를 빨아 당길 때는 온몸이 땀범벅이 되었다. 입으로 빨아 당기는 게 아니라 온몸으로 빨아 당기는 것 같았다. 아이가 복식 호흡을 할 때마다 검상돌기라 부르는 명치뼈가 드러났다 숨기를 반복했다. 조금이라도 잘못하면 명치뼈가 종이 한 장 같은 얇은 피부를 뚫고 나올 것만 같았다.

　1분에 40회에서 50회 정도 하는 호흡을, 둘째는 60회에서 70회나 했다. 심장병이 있는 아이들이 체육 시간에 달리기를 할 때 숨이 차다고 쪼그려 앉아 있듯, 둘째는 우유 한 번 빨아 당기는 것이 운동장 한 바퀴 도는 정도의 노동인 셈이다. 온 힘으로 세상과 겨루기를 하는 것만 같았다.

둘째는 선천성 심장병의 합병증으로 한 달이 멀다 하고 감기와 폐렴이 왔다. 감기 초기일 때 미리 감기약을 당겨 먹이는 게 차라리 나은 선택이었다. 조금 지켜봐야지, 하고 머뭇거리기라도 하면 여지없이 후폭풍이 따라왔다. 아이는 태어나서부터 계속 이런 입원과 퇴원을 반복했다. 쉴 새 없이 입원하면서도 숨 한 번 들이마시고 내뱉을 때마다 그르렁거리며 병실이 울릴 정도로 기침을 했다.

의사는 아이의 폐 사진을 보여주며 폐에 하얗게 보이는 것이 밖으로 빠져나오지 못한 가래 덩어리라고 했다. 아이가 뱉어 내지 못한 가래 덩어리를 밖으로 떨어져 나오게 하려면 흉부 물리 요법을 해줘야 했다. 아이의 작은 등에다 수건을 덧대고 내 손바닥을 컵 모양으로 오므려 통통 소리가 나도록 두드려 주었다. 진동을 통해 분비물을 떨어지게 한 후, 밖으로 이동시켜 배출시키는 방법이었다. 너무 세게 때리면 아이가 아플 것 같고, 너무 살살 때리면 소용이 없을 것 같았다. 감각적으로 힘의 강약을 조절해 가며 의료 기구 역할을 수행했다.

다음 날 아침에 의사가 회진을 왔다. "엄마가 고생하셨네요. 하룻밤 사이에 폐가 깨끗해졌어요." 의사는 그렇게 말했다. 어깨 근육이 뭉쳐도 팔을 들지 못해도 괜찮았다. 아이가 힘들어할 때

부모로서 뭔가를 할 수 있다는 게 얼마나 감사한지. 아이에게 고마웠다. 입원 침대에서 설익은 잠을 자고 다음 날 출근을 하는데, 마치 하루하루가 불안한 서바이벌 게임 같다고나 할까? 정말로 생존을 위해 전력투구했다.

지금도 담당 소아청소년과 의사가 한 말이 기억에 생생하다. "더는 우리 병원에서 해줄 게 없습니다." 심장까지도 멈춰 세운 말이었지! 당시 내가 근무하던 병원에는 심장 수술의가 없어 수술은 하지 못했다. 아이의 증상만 완화시키고 퇴원을 했다. 아이가 계속 자라면 심장에 무리가 더 오니까 체중이 5kg 정도가 되면 심장 수술을 하는 게 좋겠다고 했다. 하루가 1년 같은 세월을 살얼음판 위를 걷듯 긴장 속에서 버텨냈다.

그렇게 6개월째에 들어서자 체중이 5kg 근처를 왔다 갔다 했다. 드디어 아이를 업고 동산병원에 입원하러 갔다. 신생아의 체력은 몸무게로 가름되었고, 그 체력이 좋아지면 심장 수술이라는 대수술 후에도 회복력이 빠를 거라 예상했다. 아이의 심장 수술은 부모 자격을 확인해 보는 최종 관문처럼 우리 부부에게 비장한 각오를 심어주었다.

어떤 아이들은 태어날 때부터 4.5kg으로 태어나는데 둘째의 체중 올리기는 우리 부부에게 너무 어려웠다. 먹고 나면 피가 되고 살이 되어야 하는데 똥을 눠버렸다. 아이의 똥마저도 내게는 아까웠다. 그 힘들게 먹여 놓았더니 한나절도 가지 않고 허망하게 나와버리다니! 아이가 똥 한 번 눌 때마다 우리 부부 얼굴색은 똥

색이 되어갔다.

아이를 수술실에 들여보내고 돌아서니 대기실에 사람이 있건 없건 눈물이 절로 나왔다. 뛰어다니지 말걸, 아침 거르고 다니지 말걸, 잠 좀 더 잘걸, 짜증 좀 덜 낼걸. 뱃속에서 널 잘 돌봤어야 했는데 그걸 못했다. 내가 너무 멋도 모르고, 그냥 아이만 낳으면 엄마가 되는 줄 알았다. 연년생으로 아이가 들어서는 바람에 쉴 틈이 없었다. 임신과 육아를 병행하고, 시부모님과 직장 스트레스 때문에 힘이 들었다. 그 짧은 시간 동안 별의별 생각이 스멀스멀 기어올라와 목을 꽉 조였다.

친정아버지가 시골에서 올라오셨다. 내게는 슬퍼할 시간도 주어지지 않았다. 아버지는 자꾸만 내 팔을 끌어당기며 우리 부부에게 밥을 먹이려고 하셨다. "홍 서방하고 네가 밥을 먹어야 기운을 내지. 너희가 기운이 없으면 아기는 앞으로 누가 돌보겠느냐."라고 하신다. 동산병원 담벼락을 따라 나가 지하 식당에 가서 앉았다. 아버지가 내 걱정을 할까 봐 밥상 앞에 앉아서 숟가락을 들었다. 밤새 배고프다 보채는 아이를 침대에 걸어둔 '금식표' 하나 때문에 공갈 젖꼭지만 빨리다가 수술실에 혼자 눕혀놓고 나왔는데 밥이 밥이겠는가? 눈물이고 미안함이다.

"한 숟가락 푹푹 떠서 먹어라. 먹고 싶지 않아도 먹어야 산다. 먹어야 힘이 난다. 둘째는 네 딸이지만 아버지한테는 너도 내 딸이다. 아이가 아픈 건 네 잘못도 아니고 네 죄도 아니다. 죄 때문에 아픈 거라면 병원에 있는 사람들은 전부 죄인들이란 소리냐?"

아버지가 나의 죄책감을 눈치채셨는지 그런 말을 계속 해주셨다. 세월이 한참 지나고 나서 그 자리를 돌아보니 그 시간은 내가 아이를 키운 게 아니라 아이가 나를 엄마로 키우고 있었다는 걸 알게 되었다. 1992년 겨울, 봄 그리고 여름. 천국과 지옥을 오가며 세상의 뜨거운 맛을 호되게 맛보았다.

그로부터 5년 뒤, 셋째가 태어나서 딸 셋이 되었다. 이제 유모차에 아이를 태우고 공원 산책도 하러 가고, 남편 퇴근 시간에 아이들 손 잡고 골목에 나가서 기다리는 즐거움도 누릴 수 있게 되었다.

둘째는 어느덧 숙녀가 되어 거울 앞에서 보내는 시간이 부쩍 늘었다. 여름이면 심장 수술했던 흉터가 보인다. "엄마가 흉터 제거술 시켜줄까?" 농담처럼 묻는다. 그러자 딸은 "왜요? 엄마는 보기 싫어요? 저는 괜찮은데요. 이건 영광의 상처라고 엄마가 어릴 때부터 나한테 세뇌시켜 놓고선." 하며 씨익 웃는다.

"나 수술할 때 아빠 학교네 선생님들이 헌혈하러 다 와주셨고, 엄마네 병원 수녀님들이 모두 기도해 주셨다고 했잖아요. 저 그거 기억하고 있습니다. 제 스스로에게도 자랑스러우니까 걱정 안 해도 돼요."라고 한다. 학교 다닐 때는 단축 마라톤 대회에 나가 완주도 했고, 졸업 후에 취직도 했다. 그때는 시간이 참 더디게 갔는데 요즘은 참 빨리도 지나간다.

지금은 카나 혼인 강좌로 바뀌었지만, 아이들이 초등학교 다닐 때, 천주교 대구대교구에서는 혼인을 앞둔 남녀들을 대상으로 혼인에 관한 교회의 가르침, 즉 생명과 가정의 중요성, 행복한 혼인 생활을 위한 교육프로그램을 진행하고 있었다. 당시 정부는 잘 키운 딸 하나 열 아들 안 부럽다며 대대적으로 선전하고 산아 제한을 유도했다. 가톨릭 교회는 생명의 존엄성을 알리고 무분별한 낙태에 반대했다. 또한 호르몬 주기를 이용한 자연 가족 피임법 등을 가르치며 부모 준비 교육을 했었다.

그중 프로그램의 후반부에 사례를 소개할 때 내가 1시간 정도 강의를 맡은 적이 있었다. 아이 셋이 내 인생에 어떤 의미인지도 중요했지만, 실제로 어떤 어려움이 있었는지, 어떻게 대처하고 있는지, 그런 내용을 1년 가까이 했다. 그때 만난 한 젊은이가 아직도 기억에 남아 있다.

"가족계획은 세우셨어요?" 강의를 시작할 때 내가 말문을 여는 질문이었다. 대부분은 한 명요, 두 명요, 축구 팀 만들게 11명요, 뭐 이렇게 대답을 했는데 한 젊은이는 이렇게 답했다. "저는 주시는 대로 다 낳겠습니다!" 그때 내 귀가 번쩍 열렸다. 내가 생각해도 정말 멋진 대답이다.

주변 사람들이 자기는 아이 하나로도 떡을 치고 있는데 아이 셋을 어떻게 다 키우느냐고 물었다. 또 누군가는 능력이 안 되어 셋이나 못 낳는다고 할 때, 그 말에 내가 걸려 넘어졌던 건 나의 '능력 없음'이 들켜 버렸기 때문이었다. 나에게는 그 어느 것 하나도 제대로 된 능력이 없는데, 비로소 그 고민이 안개 걷히듯 사라졌다. '주시는 대로!' 나를 나답게 곧추세우는 말을 찾은 듯했다. 그동안 나는 내 힘대로 살아 보려고 안간힘을 써왔다.

　'주시는 대로!' 맞아, 바로 그거였다. 내가 낳은 것이 아니라 신께서 허락하셨고 신이 내게 주신 능력 안에서 그저 내가 할 수 있는 일을 다 했을 뿐이었다.

호칭 유감

　　어릴 때 하던 수수께끼 중 '자기 것인데 남이 사용하는 것은 무엇인가?' 라는 문제가 있었다. 정답은 이름이다. 그럼 호칭의 소유권은 누구에게 있는 거지? 머리가 복잡해진다.

　병원 복도에서 있었던 일이다. 한 중년 환자가 실습 나온 학생 간호사를 부른다. "어이, 아가씨! 아가씨!" 하며 자기를 쳐다볼 때까지 불러 댄다. 하물며 임신해서 배가 불러있는 간호사를 보고도 그들은 '아가씨' 라고 부른다. 그놈의 아가씨! 그게 뭐라고! 별생각 없이 부르는 그들의 말에 걸려 넘어진다.

　내가 신입이던 1985년의 일이다. 당시 우리를 부르던 정식 명칭은 '간호원' 이었다. 그 말이 입에 익지 않았는지 아가씨라고 부르는 환자들이 많았다. 그때마다 선배들은 뒤돌아서서 "술집도 아니고 병원에서 웬 아가씨를 찾는 거야." 하면서 구시렁거렸다. 기분 나빠하는 것을 보고 나는 그 아가씨라는 말은 우리가 하는 일을 무시하거나 얕잡아 보고 하는 말이라고 받아들였다.

병동에서 그 아가씨라는 말에 흥분하는 또 한 부류가 있었는데, 바로 여자 의사들이었다. 그들은 "아가씨, 아가씨 하지 마세요. 여기는 병원입니다. 그리고 저는 환자분 치료해 주는 의사입니다."라며 종종 짜증 섞인 대꾸를 하고는 했다. 여자니까 당연히 간호사겠지, 하는 사회의 선입견과 한창 싸우고 있는 중이었다. 직장에서의 호칭은 자신의 직무와 정체성을 드러내는 것이다. 이건 저절로 주어지는 게 아니라 스스로 찾아야 하나 보다.

간호사로 불리기 시작한 건 1987년이었다. TV 뉴스에서 들었다. 직업 선호도에서 의사, 판사, 변호사 등 '사' 자 직업 3가지가 상위권을 차지했을 때였다. 그 '사' 자 대열에 간호사가 비집고 들어갔으니, 처음 얼마 동안은 개나 소나 '사' 자 단다며 비아냥거리는 소리가 여기저기서 나오기도 했다. 외래 교수들은 지금까지 김 양, 이 양 혹은 미스 김, 미스 리라고 부르다가 어색한 적응을 시작했다. 어제까지 부르던 호칭을 그다음 날부터 바꿔 부르기에는 영 입에 익지 않는 듯 호칭 끝을 얼버무렸다. 그러다 보니 '김 간호', '이 간호' 같은 호칭이 나돌았다. 간호사들 사이에서도 간호사라는 호칭이 어색해서 괜히 쭈뼛거리고 입 안으로만 우물거렸다. 이런 혼란기에 근무를 마치고 구시렁거리던 선배님들이 의기투합하여 후배들을 모두 불러 모았다.

"우리부터 먼저 간호사로 불러주지 않으면 우리는 계속 간호원으로 살 수밖에 없다. 우리 이름은 우리가 찾아야 하고 우리가 먼저 서로 존중해야 다른 사람들이 따라 온다. 병원에서는 이름도 부르지 말고 언니라고도 하지 말라." 그렇게 말하며 단호한 어조로 주의를 시켰다. 행여 부지불식중에 이름을 불렀다가는 서로 눈총을 주었다. 눈총도 총이라고 자꾸 맞으면 아팠다. 우리는 그런 시간을 지나오면서 간호사라는 이름을 지켜냈다.

그 이후로 30여 년이 지났다. 세월이 무색하게 '아가씨' 라는 말은 여전히 우리 곁을 맴돌며 잊을 만하면 나타나서 돌아다녔다. 면역이 생겼을 법도 한데, 아가씨 하고 부를 때 그 말투에서 딸려오는 묘한 권위 의식과 무례함에는 알레르기 반응이 일어났다.

그날도 복도 끝에서 "아가씨!" 하고 부르는 소리에 "저어, 학생 간호사 부르셨습니까?" 하며 학생 간호사가 환자에게 다가가고 있었다. "무엇을 도와드릴까요?" 하고 물은 후, "환자분께서 아가씨라고 해서 제가 아닌 줄 알았습니다. 다음번에는 학생 간호사라고 불러주세요!" 라고 하는 것이 아닌가? 여태까지 쌓여 있던 체증이 한꺼번에 쑥 내려가는 것 같았다. 똑똑한 후배가 들어와서 다행이다. 너의 실습 점수는 A⁺다.

이제 퇴직이 얼마 남지 않았다. 나는 지금 코로나 검사실에서 검사 업무를 지원하고 있다. 아가씨란 소리도 퇴직할 때가 되어가니 나에게서 떠나갈 준비를 하고, 나를 부르는 파생어가 등장했다. 그 말은 바로 경상도 사투리로 '아주무이' 다.

"아이고, 아주무이 자주 보네요.", "아주무이, 저 누군지 기억하지요?" 하며 경상도 남자 한 사람이 검사실 안으로 들어선다. 내가 하는 일이 그래도 스킬을 요구하는 고품격 의료 서비스인 줄 알았는데 그 말 한마디에 뭔가가 와르르 무너졌다. 내가 대가 없는 친절을 베풀었더니 고작 돌아오는 말이 '아주무이'라니, 그게 말인가 방귀인가! 아가씨라고 했다면 기분이 이보다는 덜 상했을 것이다.

아직 힘 남아있을 때 꿈틀거리기라도 해 봐야겠다. "아이고, 별말씀을요." 일그러지는 그의 표정에도 아랑곳하지 않고 콧속 깊숙하게 면봉을 찔러 넣은 후 두 바퀴를 더 돌렸다. 완벽한 검사였다. 그가 악의가 없었음은 알고 있지만 굳이 죄명을 붙여 본다면 눈치가 없는 게 죄다.

영웅 혹은 천사

　　코로나19 초창기 때에는 '영웅' 하면 방호복 입은 간호사였다. 2년 정도 지나고 나니 이젠 '영웅' 하면 가수 임영웅이 먼저다. 영웅도 유행이 있는가 보다.

　38년 전, 멋도 모르고 간호사가 되었다. 이런 인생을 살게 될 줄은 정말 몰랐다. 살면서 많이 들었던 질문 중 하나는 "적성에 맞니?"라는 말이었다. 나는 '그게 뭐지?' 하고 계속 스스로에게 물으며 살아왔다. 졸업하자마자 간호사로 취직한 터라, 다른 직업에 대해서는 잘 알지 못한다. 가정 형편상 힘들게 들어간 대학이라 적성을 따지는 건 사치에 불과했다. 입사하고 익숙해질 때까지는 목울대가 터질 것같이 뻣뻣해지도록 참아가며 살았다.

　병원에서 근무하다가 남에게 질책을 받으면 불완전에서 오는 패배로 받아들였다. 그게 내 마지막 남은 자존심이었다. 딱 그것만 빼고 자존심이란 자존심은 탈탈 털렸다. 아킬레스건을 건드리면 더 아픈 법이다. 직장인들은 스트레스를 푼다고 표현을 하는데, 복수를 해야 스트레스가 풀리지 그러지 않고는 그저 곪아가는 상처일 뿐이다.

신입들은 대부분 병원 가까이에서 자취 생활을 했다.

"너는 왜 그렇게 떨어져서 얻었냐?" 누가 그렇게 물었다. "직장하고 거리를 좀 두고 싶어서. 오가는 길에서라도 좀 씻어 내려고." 나는 그렇게 답했다. 퇴근을 해도 끝난 게 아니다. 빠트리고 온 게 있으면 전화가 걸려 온다. 그런 전화는 아무리 친절하게 말해도 찜찜함이 오래 남는다. 집에 와서도 병원 생각이 따라왔다. 간호사는 원래 그렇게 살아야 하는 줄로만 알았다. 그게 교과서 밖에서 배우게 된 세상이었다.

『홀로코스트』라는 책에서 읽은 글귀가 힘이 되었다. '용서하라! 그러나 잊지는 말라.' 매번 다짐했던 말이다. 이상하게도 나를 버티게 했던 말이었다. 일은 혼내지 않고 인격을 건드리니 내가 너무 작아져서 이제 참지 말아야겠다고 생각했다.

친구들의 유일한 탈출구는 결혼이었다. 지금은 30년 차 정도는 되어야지 수간호사가 되지만 내가 신입일 때는 6년 차 정도 되면 수간호사가 되었고 10년 차 되는 선배들은 많지 않았다. 이제는 내가 선배들이 서 있던 자리에 서서 그때의 나를 만난다. 지금은 30년 차가 넘었으니 무서운 선배는 없지만, 당시에 선배들이 정작 무서운 건 환자라는 걸 알려주려고 나를 그렇게 단련시켰구나 싶다. 세월이 주는 교훈은 분명히 존재한다.

시간이 한참 지난 뒤, 사회 초년생일 때 퇴사한 친구를 만났다. "친구야, 병원이 다가 아니야! 병원 밖에 나오면 어마어마한 딴 세상이 펼쳐져 있어! 늘 고통에 찌든 환자들을 하루도 아니고 몇십 년을 가까이 보면 네 삶의 질도 너무 떨어지는 짓 아니니? 네가 황폐해진다고 생각되면 뛰쳐 나와. 겁내지 말고 두려워하지마. 네 인생을 살아! 네 인생이 억울하잖아! 아무것도 못 할 것 같지? 아니야, 나를 봐. 뭐든 다 할 수 있어. 간호사로 단련된 사람은 어디를 가든 살아남더라. 생명력이 강한 것 같아."

친구는 그렇게 말했다. 눈동자가 살아 있고 자유로워 보였다. 달라진 그 친구가 새로 얻은 부鬪가 좀 낯설었다. 그리고 다행이다, 네가 잘 돼서. 친구는 내가 그만둬도 괜찮다는 인생 보험을 알려주고 갔다.

내 인생에도 보험이 필요한 순간이 있었다. 그 이후로도 아이가 한 명씩 태어날 때마다 위기가 찾아왔다. 직장에서 아이 3명 가진 여직원은 나를 포함해서 딱 3명이었다. 다들 말은 안 했지만 부러움을 사는 게 아니라 눈칫밥을 엄청나게 먹었다. 결혼을 하면 그만두는 게 당시 병원 분위기였다. 위의 선배나 팀장도 결혼 안 한 사람이 정말 많았다. 그중 한 명이 엘리베이터 앞에서 내 배를 한 번 훑어보고 이렇게 말했다. "몇 번째고? 너는 세상 잘 만난 줄 알아라." 눈총도 많이 맞으면 따갑다.

근무 중에는 행여나 느리게 걸으면 집에 들어앉지 저러고 병원에 나오냐고 빈정댈까 봐 항상 일부러 빨리빨리 걸어 다녔다. 더 친절해야 했고, 울면서 더 열심히 살았다. 아이가 배 속에서 발로 차고 꿈틀거리는 걸 느끼며 낮 근무를 다 하고, 저녁에 아이를 낳으러 입원했다. 아, 그러나 아이가 배 속에 있을 때가 차라리 더 나았다.

출근하면 아이는 누가 봐주지? 또 한 번 직장을 그만둘 위기가 찾아왔다. 결혼 때문에 직장을 그만둔 언니가 말했다. "동생아, 그만두는 건 언제든지 그만둘 수 있지. 그보다 요즘 같은 세상에는 새로 시작하려면 엄청 어려워. 만만하지가 않아! 아이는 자란단다. 아이가 다 크고 나오면 너한테 '아이고 고맙습니다' 라고 할 것 같냐? 당연한 줄 알 걸. 엄마는 있었겠지만 너는 없는 거야! 버텨봐." 그 말에 설득당해 또 살았다. 살다 보면 살아지게 된다는 그 말이 나를 붙잡았다.

야간 근무를 포함한 불규칙한 교대 근무에 어린아이 셋, 시부모님, 시동생까지도 함께 살고 있을 때를 생각하면 대체 어떻게 살았나 싶다. 직장에서는 일 잘하고 친절한 간호사로 인정받아 웃는 얼굴로 있다가도 퇴근하고 나면 여기저기 눌러 놓고 감춰두었던 스트레스가 터져 나왔다. 나는 나도 모르게 그 스트레스를 가장 약자인 아이들에게 풀고 있었는지도 모른다.

한번은 아이들끼리 소꿉놀이를 하고 있었다. 그런데 아이들이 짜증 섞인 내 말투를 그대로 흉내내고 있었다. 깜짝 놀랐다. 뒤통수 한 대 꽝하고 맞은 느낌이었다. 나도 모르는 사이에 나의 부정적인 마음과 분노, 불만 등이 고스란히 아이들한테까지 닿아있었다. 내가 누구 때문에 일하고 있는데, 내가 원하던 그림은 이런 게 아니었다.

그때 처음으로 과감히 그만두어야겠다는 결심이 섰다. 사직서를 가방에 넣고 출근했다. 책상 위의 컴퓨터를 켜니 업무 연락이 와 있다. '승진 축하합니다.' 라는 명단 밑에 내 이름이 떡하니 올라와 있다. 웃지도 못하고 울지도 못할 반전이다. 여기저기서 축하의 말을 듣고 나니 그놈의 승진이 뭔지, 간밤의 결심은 녹아 버리고 가방 안의 사직서는 오래도록 굴러다녔다.

스카우트 제의도 받았다. 개원을 앞둔 병원장이 당시 월급의 3배로 나를 흔들었다. 돈에도 흔들렸지만 직장 상사로부터 인정받지 못한다는 사실이 나를 위축시키고 무력하게 만들었다. 몇 날 며칠을 고민했다. 그때 나를 붙잡은 한마디는 어느 선배의 조언이었다. "멀리 내다보면 아무래도 큰 나무 그늘이 안 낫겠느냐?" 점점 나이가 들수록 변화에 대한 두려움이 커졌고, 그 말에 의지하고 싶었다. 이제는 아이들과 가족이 알아주니 이미 보상은 충분히 받은 것 같다.

30년 전이나 엊그제나 하는 일은 별반 다를 게 없는데, 사람들은 천사라고 불렀다가 이제는 영웅이라 부른다. 내가 알고 있는 간호사는 그저 태어나서 죽는 순간까지, 한 인간으로서 가장 약한 모습이 드러나는 위기의 시간을 함께하는 사람이다.

힘들었지만 선배들이 먼저 그 길을 갔기에 그렇게 해야 하는 줄 알았다. 울퉁불퉁하면 울퉁불퉁한 대로, 미끄러우면 미끄러운

대로. 피하지 않고, 돌아가지 않고. 그렇게 따라서 와 봤더니 이제는 간호사로 일한다는 게 얼마나 가치 있는 삶인지 매일매일 발견하고 깨닫는다. 나는 더 단단해졌고, 내가 간호사라는 것이 자랑스럽다.

장기 이식

　　　　　　투석실 업무와 장기 이식 코디네이터 업무를
겸임하고 있을 때다. 투석 중이던 환자가 뇌사자의 신장을 이식
받게 되었다. 투석을 시작한 지 8년 만의 일이었다.

　나는 인턴과 함께 뇌사자의 장기 적출 후 사용할 관류액과 장
기 이송용 준비 물품 등을 가지고 병원 구급차를 탔다. 한 달 전
에는 부산 해운대병원에 갔다 왔는데 이번에는 서울이다. 다른
병원에서는 대부분 이미 정해진 정규 수술이 있기도 하고, 병원
간에 서로 일정을 조율하다 보면 오후에 뇌사자 수술이 진행되는
경우가 많다.

　이번에는 대구에서 서울까지 다녀와야 하기 때문에 이동 시간
이 길다. 오후 2시에 출발하니까 서울에 도착하면 6시 정도는 될
것이다. 적출한 신장을 이송해서 다시 병원에 돌아오면 새벽 1시
정도가 된다. 그때부터 우리 병원에서 대기 중이던 투석 환자의

신장 이식 수술이 시작된다. 아마 새벽 5시에서 6시 정도는 되어야 수술이 끝날 것이다. 수술 진행 과정은 이미 이식 환자와 보호자에게 설명을 해 두었다.

뇌사자가 있는 병원에 도착하면 수술실로 간다. 수술실 앞에는 뇌사자의 가족들이 앉아 있을 것이다. 아무도 말해 주지 않아도 우리가 가지고 가는 이송 장비를 보면 눈치를 챌 것이다. 그걸 지켜보는 심정을 생각하면 목소리도 크게 내지 못하겠다. 그리고 조용히 수술실의 벨을 누른다. 수술실 문이 열리는 동안, 머리가 흐트러진 채 아기를 업고 있는 한 젊은 엄마가 유리문에 비친다. 내 뒷모습을 뚫어지게 쳐다본다. 단번에 '아, 보호자구나!' 하는 느낌이 왔다. 내 등이 따갑다. 그 병원 장기 이식 코디네이터가 올 때까지 기다리는 시간이 너무나도 길게 느껴진다.

좀 전에 우리 병원 수술실 앞에서 이식을 기다리던 환자 가족은 로또에 당첨된 표정이었다. 흥분을 감추려 하고 있었으나 드러나는 설렘과 기대는 숨길 수가 없다. 희비가 엇갈리는 대기실이다. 이식받는 사람은 하나인데 꼭 집안 사람 전부가 이식받는 것 같다. 의사가 수술의 위험성을 설명해도 귀담아듣는 것 같지 않았다.

나는 거기서 삶의 아이러니를 본다. 생명이 귀하다는 것이 사실은 너무 가벼워서 귀한 것이라 하는 건 아닐까? 한없이 연약한 것이 생명 같다.

장기를 기증하는 뇌사자의 이야기를 궁금해하는 환자도 있다.

혹시 부정적인 영향을 미칠지도 모르는 문제다. 교통사고, 뇌출혈, 심장마비 등으로 뇌사 상태가 되었다고 간단하게 전해준다. 이런 우여곡절을 겪으면서 단 한 번도 순탄한 적이 없는 게 뇌사자 이식이다.

그렇게 신장을 이식받은 환자는 급성 거부반응으로 돌아가셨다. 그 가족이 내야 할 돈 중에는 뇌사자의 신장 적출 수술비도 있었다. 그런데 이식을 받은 환자가 돈을 보내기도 전에 사망을 해 버렸으니 참으로 난감했다. 보호자들은 이식받는다고 그렇게나 좋아했었는데, 결과가 이렇게 되니 마음이 불편했을 것이다.

하지만 알고도 내지 않았다. 잘못은 모두 병원 책임이라고 했다. 퇴원비 정산할 때 원무과에서 기증자의 장기 적출 수술 관련 비용 청구에 대해 확인하시고 협조 부탁드린다는 문자도 심심한 위로의 말과 함께 보냈다. 편지로 마음을 움직일수 있으려나 싶어 등기편지도 보냈다.

주말을 쉬고 출근했더니 사람을 죽여놓고 무슨 돈을 내라고 하는 거냐, 양심이 있는 거냐 없는 거냐 하면서 한바탕 소란을 일으켰다는 거다. 이식 전에는 설명을 다 들어 놓고 이제는 나 몰라라 하는 것이다. 전화를 걸었지만 받지 않았다. 한 사람의 죽음 안에서 어렵게 결정했던 장기 기증이 물거품처럼 사라져 버렸다.

교통사고나 자연재해로 무고한 생명이 안타깝게 사라진 걸 뉴스로 보면서 일부 투석 환자들이 이렇게 말한 적이 있었다. "아이고, 저렇게 죽을 것 같으면 신장이나 주고 가지." 정말 깜짝 놀랐다. 혼탁한 세상이다. 돈도 돈이지만 가족을 잃고 슬퍼하는 유족들에게 '나도 참 못할 짓 하며 사는구나.' 싶어서 서글펐다. 내가 왜 이런 일들까지 해야 하나? 우울했다. 그들은 그날 이후 우리 병원에 나타나지 않았다.

결국 뇌사자에게 보내야 했던 그 돈은 병원에서 보냈다. 그다음부터는 이식하러 오는 환자들은 보증금을 가지고 와야 했다.

김수환 추기경께서 선종하시면서 각막을 기증하셨다. 그 이후 많은 신자들이 장기 기증 운동에 참여했고, 병원 차원에서는 각 성당을 다니며 홍보 활동을 했다. 말주변도 없고 무대공포증도 있던 나였지만 어디서 그런 용기가 생겼는지 스무 곳도 넘는 성당을 다녔다.

내가 다니는 성당에서도 의과 대학에 시신을 기증한 분이 계셨다. 우리가 이렇게 장기 기증 운동을 하고 다닐 때 교회에 다니는 여자 한 분이 찾아왔다. 자신의 신장 하나를 기증하면서 조건을 하나를 내세웠다.

"그분이 만약 신앙이 없다면 교회를 다니면서 하느님이 어떤 분인지 알게 되기를 바랍니다. 제가 바라는 건 이거 하나뿐이에요." 그리고 신장을 이식받은 환자는 기증자의 바람을 듣고 교회를 다니기 시작했고, 이제는 그 가족들까지도 모두 교회에 다닌다고 했다. 이식받은 환자도 기증했던 사람도 벌써 10년이 넘었는데 아직도 건강하게 잘 살고 있다. 신앙은 때때로 신비롭다.

코로나 검사실에서 살아남기

　　　　　　코로나 검체 채취실! 이곳이 내 근무지다. 벌써 2년이 다 되어간다. 처음에 왔을 때는 12월 말까지 지원 근무 하는 정도로 생각했으나 오미크론의 창궐로 시간이 그렇게 잠식되어 가고 있었다.

　내년 3월 퇴직이라 어쩌면 이곳이 나의 마지막 근무지가 될지도 모른다. 내가 근무하는 검사실 컨테이너의 뒤쪽에는 사람 한 명이 지나갈 통로와 담벼락이 있고, 앞으로는 검사실 작은 창으로 앞산 자락이 보였었다. 하지만 여름이 한창일때 장례식장 건물이 리모델링되면서 내 시야를 가리고 앞산을 삼켜버렸다. 오우, 맙소사! 나의 조망권이 이렇게 막혀 버리다니! 그 창으로 보이는 바깥 풍경이 내가 만나는 세상이었는데 이제는 보고 싶지 않아도 온종일 장례식장 건물을 쳐다보고 있어야 할 형편이다.

　코로나 검사실! 퇴직을 앞둔 사람이 병원 생활을 청산하기에는 때로는 귀양지 같기도 하고 때로는 섬 같았다. 시간이 지날수록 불쑥불쑥 배려받은 게 아니라 배제된 것 같다는 기분을 떨칠 수가 없었다. 나는 여기에서 삶의 의미를 발견하고 싶었다. 그리고 나답게 살기 위해, 명예로운 은퇴를 위해 준비하는 시간을 여기에서 보냈다.

아침에 그 좁은 컨테이너 검사실 뒤를 걸어오면서 이렇게 되뇌었다. '나쁘지 않아! 이제는 앞에서 보던 산 대신 위에 있는 무한한 하늘이 있지. 이건 설마 아무도 가로막지 못하겠지.' 스스로 은밀한 미션을 주었다. 매일매일 하늘 사진 한 장씩 찍어보자. 하늘은 한 번이라도 똑같은 하늘이었던 적이 없었다. 봉이 김선달이 대동강 물을 팔았다던데 저 하늘을 팔아서 돈 버는 방법은 없을까? 갑자기 잠자던 내 대뇌가 엔진 가동을 시작했다. 퇴직 후에는 하늘 사진 전시회를 한번 해봐야지! 그때부터 광활한 하늘의 주인은 아무도 넘보지 못하도록 내가 먼저 찜을 했다.

환자들이 들고 오는 입원 안내문이나 영수증을 통해 알게 되는 것들이 있었다. 하루에 입원하는 환자는 몇 명 정도 되는지, 일주일 중 어떤 요일에 입원을 많이 하는지, 어떤 진료과가 입원을 많이 시키는지도 보였다. 그것을 통해 우리 병원이 무엇을 잘하는 병원인지, 어떤 입원 환자가 많은지, 어느 의사가 입원 전 검사 처방을 많이 내는지 눈에 들어왔다. 굳이 설문조사를 하지 않더라도 주로 입원하는 연령대와 성별도 알 수 있었다. 그 통 안에서 버텨내기 위해 뭐라도 해야지 내가 살아있는 것 같았다.

그러던 중 내가 생각해도 미스터리가 하나 있었다. 그건 사람들이 표지판을 잘 보지 않는다는 사실이었다. 코로나 검사실을 찾아올 수 있게 출입문 앞에서 고개만 들면 보이도록, 검사실 벽면 하나가 꽉 차도록, 안내 문구를 대문짝만 하게 써서 앞에 붙이고, 옆에 붙이고, 손잡이에까지 붙여놓았다. 그래도 사람들은 유니폼을 입은 직원이 있으면 묻기부터 먼저 했다.

직원들은 길 안내 말고 자기 업무를 수행하는데 시간이 자꾸만 빼앗기니 그 시간 좀 줄여보겠다고 사방을 안내 문구로 도배를 했지만 소용이 없었다. 그것까지 자기 임무가 되어가고 있었다. 바닥에 테이프까지 붙여 놓아도 그걸 밟고 또 물었다. 처음부터 사람 한 명 서 있었으면 되었으려나? 나중에 내가 경제적 자유를 얻게 되면 공항에서 길 안내하는 로봇 하나 병원에 기증해야겠다.

검사하러 오는 사람들은 내일이면 입원할 환자들이다. '아' 하고 벌리는 게 아니라 '악' 하고 인상을 쓰면서 입을 쫘악 벌린 표정에서 숨기지 못하는 그들의 걱정과 긴장감이 그대로 내게 전해져 온다. 악명 높은 의사도 검사실 의자에 앉아서는 입술을 파르르 떨었고 '살살 해주세요.', '코피가 잘 납니다.', '코뼈가 부러졌어요.', '너무 무서워요.', '제가 찌르면 안 될까요.' 등등 부탁의 말이 오고 갔다.

사실 나도 보건소 직원한테 검사받을 때 동종업계끼리 좀 봐달라고 부탁을 했지만, 그 말이 무색해질 정도로 그들은 자비가 없었다. 내 콧구멍이 구멍이 나도록 빼앵 돌려 팠다. 독립군의 기밀을 알아내려고 고문할 때 사람을 거꾸로 매달아 놓고 콧구멍에다 고춧가루를 뿌렸다던데, 그 고문이 얼마나 지독했을지 상상이 되었다.

그런 수난을 겪으며 그들이 지키고자 했던 그 땅에 지금 이렇게 살고 있으니 요 정도 고통은 조족지혈이지. 그러면서 다짐했다. 난 검사실로 돌아가서 이 정도로 아프게는 하지 말아야지. 집에 돌아와서 거울을 보며 손목에 힘을 빼고 직선으로 길게 뻗은 면봉을 어느 지점까지 넣어야 할지 여러 번 실험해 보고 최고의 접점을 찾아냈다.

검사를 마치고 의자에서 일어나 문을 나갈 때 환자들의 표정에서 그들의 통증 점수를 환산해 본다. 내 작전은 성공한 듯했다. 간혹 내가 먼저 인사를 해도 대답도 안 하고 가는 사람이 있기는 했지만 뭐 그럴 수도 있지. 먼저 감사하다고 인사를 하고 가는 사람들이 훨씬 많으니 그것만으로도 충분하다.

때로는 출근해서 퇴근할 때까지 매일같이 콧구멍만 쑤시고 있으면 무료해지기도 한다. 시간은 더디게 흘렀다. 검사하러 들어오는 한 사람 한 사람의 아픔은 확실히 전염성이 있다. 아무리 검사라고는 하지만 종일 코를 찡그리고 아픈 표정을 짓는 사람들 속에서 나는 서서히 지쳐갔다.

"나 힘들어!" 내 무의식에서 툭 하고 새어 나온 말이었다. 사람들은 "한 달에 몇 건 하는데?"라고 묻는다. 기대했던 대답은 "너

힘들구나!" 하는 말이었는데 나의 기대는 루비콘강을 건너고 있었다. 나이를 먹는다는 건 혼자 감당해내야 하는 일들이 늘어간다는 뜻이다. 코로나 검사할 때 내가 아파봤으니 내가 코로나 검사를 할 때는 어떻게 해야 하는지 알게 된 것처럼 나를 공감해 주는 누군가가 필요했다. 이제는 내가 먼저 그렇게 하라는 신호인 것 같아서 내 삶의 해시태그를 '공감' 으로 정했다.

오락가락하던 장맛비가 그치고 9월이 왔다. 검사실로 향하는 담벼락 밑에 누가 심지도 않았는데 잎이 나고 꽃이 피더니만 달개비꽃이 피었다. 아침에 피었다가 햇볕이 강해지면 입을 다문다. 남이 보든 말든지 피고 지고를 반복하며 여름 내내 나의 출근을 환영한다. 다른 동료들이 오고 가는 무심한 발길에 나의 아침 정원과 인사시킨다. 이제는 제법 팔 넓이만큼 점점 가지가 뻗어나 무성하다. '외로운 추억' 이라는 꽃말에 왠지 정이 간다.

혈액 투석실 풍경

혈액 투석은 만성 신부전 환자의 치료 방법 중 하나다. 투석을 시작할 때 환자들은 이 치료를 얼마나 하면 되느냐고 묻는다. 그들은 이미 주치의를 통해 그 대답을 들었다는 걸 안다. "이식을 받지 않는 한 2~3일마다 계속 받아야만 합니다." 고 했다.

"계속 받아야 한다."라는 말은 "평생 받아야 한다."라는 뜻이었고, 뒤에 "생명을 유지하기 위해서."라는 말은 생략했다. 내가 당장 말해주지 않아도 앞으로 투석 생활을 하는 동안 수없이 듣게 될 말이기 때문이다. 투석 치료는 '완치'가 아니라 '일상생활 유지'가 목표다.

투석실로 부서 이동을 해서 근무한 지 얼마 되지 않았을 때다. 새 환자가 들어왔다. 큰 기업의 회장 사모님이라고 귀띔도 따라왔다. 그 사모님은 아침에 출근하면 나보다도 항상 먼저 도착해 있었다. 불도 켜지 않은 긴 복도의 희끄무레한 의자에 우두커니 앉아 있었다. 내 얼굴이 보이면 마치 집 열쇠 가지고 돌아오는 자식 보듯 반겨주었다, 그 반가움이 좋았던 건 이 세상에 '내가 필요한 존재' 라는 명분이 되어주었기 때문이다.

"설마 어젯밤부터 기다렸던 건 아니겠지요?" 농담 반 진담 반으로 건네는 내 인사에 "집에서 기다리느니 조금 일찍 왔습니다. 이제 여기가 내 집 같기도 합니다."라며 미소를 짓는다. 항상 누구에게나 깍듯했고 예의를 지켰다. 때로는 그 겸손함에 오히려 내 기가 눌릴 지경이었다. 각이 잡힌 명품 가방 안에 그날 나에게 줄 간식을 불룩하게 넣어왔다. 그 당시에 귀했던 피스타치오 한 봉지와 오렌지 두 개를 책상 위에 조용히 꺼내 놓으며 "심심할 때 드세요."라고 한다.

절에 가서 불공드릴 때 나를 위해서도 부처님께 빌었다고 하며 나를 쳐다보던 그 눈빛을 기억한다. 항상 존댓말을 쓰고 교양 있게 말했다. 말을 허투루 하지도 않고 웃을 때도 소리 내지 않고 크게 웃지도 않았다. 언제나 차분하고 조용하게 말이 끝날 때까지 기다렸다가 자기 말을 시작하고는 했다.

나는 이 환자와의 만남을 통해 존중을 배웠다. 앞으로 내가 만날 천차만별 각양각색의 투석 환자들을 어떻게 대해야 하는지 가르쳐준 것이다. 내가 존중받고 싶으면 상대방을 먼저 존중해야 한다는 걸 깊이 새겼다.

환자들이 가장 고통스러워할 때는 주삿바늘을 찌를 때다. 주삿바늘을 꽂고 나면 팔의 통증은 사라지고 혈관과 연결된 기계가 돌아가기 시작한다. 투석 기계는 자기의 존재를 알리려는 듯 윙윙거리는 소음을 낸다. 주변이 조용할수록 더 크게 들린다. 투석을 시작하는 환자들이 물었다. "무슨 소리지? 어디서 나는 소리지?" 그들도 기계 소리가 신경이 쓰이나 보다.

"비 오는 소리처럼 들리지요? 기계가 몸속의 노폐물을 깨끗하게 걸러내는 소리입니다. 불면증 있는 분들은 투석하는 동안 한숨 푹 자고 일어나라고 제가 기계에다 수면제 좀 풀었습니다."

누구 한 사람이라도 그 소리가 신경 쓰이기 시작하면 투석하는 내내 얼마나 힘들지 짐작이 되었기에 미리 설레발을 좀 친 셈이다.

다행히 내가 흘린 말이 환자들의 무의식을 점령했는지 힘들어하거나 불평하는 소리는 들려오지 않았다. 다행이다. 더 다행인 건 투석 기계가 돌아가기 시작하면 이내 잠 속으로 빠져드는 환자들이었다. 주삿바늘로 혈관 찾느라 온통 신경을 곤두세웠던 터라 기계가 돌기 시작하면 이내 아기처럼 단잠을 잤다. 나는 이 모습이 내가 이룬 하루의 성과처럼 보기 좋았다. 사람이 몸을 눕히면 근심 걱정도 누워서 가라앉는 것 같고, 잠들어 있는 동안은 모든 생각도 잠이 드는 듯 보였다.

8시가 되면 투석실 문으로 들어서는 70대 환자가 있었다. 항상 단정한 양복 차림으로 출근하듯이 왔다. 대령 출신인데 본인이 투석해야 한다는 걸 받아들이기까지는 시간이 오래 걸렸다. 의사의 투석 권고에도 2년을 더 버티다가 몸이 다 망가질 대로 다 망가지고 난 다음에야 여러 군데 합병증을 가지고 투석을 시작했던 환자다. 어떻게 지냈느냐는 말에 "맨날 그날이 그날이지요."

의욕이 없는 말투다. 한 번은 다른 대답을 들었다. "종일 TV 켜놓고 개 한 마리하고 집에서 놉니다. 언젠가부터는 나도 주는 밥만 먹고 집 지키는 개가 된 것 같더군요. 이래서는 안 되겠다 싶어서 공원에 가서 한 바퀴 도는데 그것도 운동이라고 숨이 차기 시작하고 구역질까지 나더군요. 시간이 지나니 설상가상으로 앞이 노래지고 식은땀도 나고 이러다 죽는구나 싶을 정도였습니다. 마침 보이는 집 대문 처마 밑에 털썩 앉아서 숨을 고르는데 때마침 주인인 듯한 여자가 나오더군요. 내 꼴이 볼썽사나웠는지 인상을 구기면서 '남의 집 대문간에 앉아 있지 말고 다른 데로 가소.' 하며 내쫓더군요. 그 무시하는 눈빛이 아직도 생생합니다. 내가 어쩌다가 이런 대접까지 받게 되었나! 허망했습니다. 이제야 나이 먹고 병들고 나니 집이든 밖에서든 하찮은 존재로 전락해 버렸구나! 참담했지요. 그 뒤로는 집사람이 내가 어디 나간다고 하면 내 몰골이 초췌한 게 신경이 쓰였는지 무시당하지 말고 기죽지 말라면서 양복을 꺼내옵니다. 오늘 이 차림도 집사람 작품이지요."

그렇게 말하는 모습이 허허로워 보인다. 그 말을 들으며 이들에게 필요한 건 존중감이라는 걸 새삼 깨닫는다. 나는 적어도 투석실에서는 투석 환자들이 마지막까지 존중받고 주인공이 될 수 있기를 바랐다.

하루는 투석 도중에 김 할아버지가 큰 소리로 욕을 퍼부으며 걸려온 전화를 끊었다. 김 할아버지는 "작년에 장기이식센터에서 뇌사 기증자가 생겨서 드디어 이식받을 순번이 되었다고 연락이 왔다. 그런데 세상은 내 편이 아니더라! 당장 모아놓은 돈도 없고, 빌려서 한들 나 혼자 살겠다고 남은 식구들 밥 굶길 수 없어 다음에 하겠다고 미뤘다."라고 했다.

"생각할수록 속도 상하고 그런 기회가 자주 오는 것도 아닌데 이렇게 살다가 나 죽고 나면 돈이 무슨 소용 있겠나 싶었다. 큰맘 먹고 부동산 하나 처분하고 이식연락 오기를 기다리는데 아들놈이 자기 몫으로 줬던 돈은 주식으로 홀랑 날려 먹고 또 돈 내놓으라고 아버지! 아버지! 하며 이리 지랄이다. 먹여주고 재워주고 해 봤자 자식 농사 헛농사했다." 할아버지는 언성을 높이며 화를 내고 계셨다. 한때는 그 자식이 희망이었기에 배신감이 더 컸을 것이다. 이들이 투석실에 올 때는 환자이지만 투석 환자라고 해서 투석만 하고 사는 건 아니다. 아무리 병들고 아파도 환자이기 이전에 아버지이고 남편이었다. 그것이 살아야 하는 절박한 삶의 이유이기도 하지만, 때로는 삶을 버려야 하는 이유가 되기도 했다.

"늘 이렇게 살아서 무엇 하겠나!" 하던 환자가 있었다. "어제는 어떻게 지내셨어요?" 하며 내가 좀 더 밝게 인사를 건넨다. "선산에 포클레인 끌고 가서 내 묏자리 만들어 놓고 왔더니 몸이 천근만근이다." 농담인 줄 알았는데 사실이었다. 가묘를 해놓고 미리 죽음을 준비하는 사람도 더러 봐 온 터라 그러려니 했다. 가만히 생각해 보면 그 환자는 늘 이렇게 살아서 뭐 하겠니, 자식들 출가시켜서 내 책임은 다한 것 같고 나는 이제 원도 한도 없다, 병원비만 축내고 얼마를 더 산다 한들 무슨 의미가 있겠느냐, 그런 말을 늘 하고 있었다.

그로부터 일주일 뒤, 병원에 와야 할 시간에 그 환자가 나타나지 않았다. 설마설마하는 마음으로 전화를 걸었다. 긴 통화음이 계속 울리고 막 끊으려고 할 때, 마침내 수화기의 저쪽에서 희미한 곡소리가 들려왔다. 돌아가시고 난 뒤에서야 가족들이 알게 되어 더 서럽게 울고 있었다.

아! 그때 한 말은 그냥 한 말이 아니었다. 우리에게, 아니, 세상에다 하는 마지막 인사를 수없이 하고 있었는데 우리는 허투루 들은 것이다. 그의 죽음 앞에서 아무런 도움도 되지 못했다는 도의적 책임감과 죄책감이 나를 부끄럽게 했다. 투석 환자들의 아픔이나 한숨이 어릴 때 엄마한테 듣던 잔소리처럼 내성이 생기고 불감증이 되어 버린 것이다.

나는 그들과 17여 년을 함께한 후 부서를 옮겼다. 처음 혈액 투석실에서 만났던 환자들은 모두 떠나가고 지금은 아무도 없다. 분명 시간은 무한한데 각자에게 주어진 시간은 정해져 있는 것 같다. 우리는 그 시간의 끝을 향해 조금씩 조금씩 걸어가고 있다. 그 시간이 언제 나에게 다가올지는 아무도 모른다.

말, 말, 말

  "투석하는 환자들은 고혈압약을 죽을 때까지 먹어야 합니까?" 환자복을 입은 할아버지 뒤에서 보호자인 할머니가 물었다. 참 대답해 주기 싫은 질문이다. 무엇을 기대하는 질문일까? 환자의 눈치를 살핀다. 이미 환자는 말 한마디에 기분 나빠할 기력조차 없어 보인다. 대답하기 뭣해서 머뭇거리자 내가 못 들은 줄 알고 또 그 죽을 때까지라는 말을 넣어서 묻는다. 할아버지를 두 번 죽이는 셈이다. 설마 일부러 저런 말을 하지는 않았을 것이다. 내가 생각이 좁았을 수도 있다. 천천히 또박또박하게 말했다.
  "혈압은 할아버지 상태에 따라 조절할 수 있습니다. 평소에 짠 음식은 몸에 해롭습니다. 싱겁게 드셔야 합니다." 할머니는 내 말을 기대하고 물은 건 아니었던 모양이다. 듣는 둥 마는 둥 할아버지 입 안에 약을 털어 넣고 난 뒤 물컵을 입에 바짝 갖다 댄다.

물이 턱을 타고 줄줄 흘러내린다.

"아이고, 이 양반아. 모가지 좀 들어봐라! 다 쏟긴다. 다 쏟겨!" 거친 손길이 오고 간다. 할아버지는 물을 흘리고 할머니는 주워 담지도 못할 말을 흘리고 있었다. 갑자기 내 목이 뻣뻣해졌다. 아무래도 자신의 몸을 남에게 내맡기는 순간부터 설움은 시작되는 것 같다. 말은 곧 그 사람이 입고 있는 옷 같다.

방금 진통제가 들어갔는데도 계속 발바닥이 고춧가루 뿌려놓은 듯 자글자글하고 따갑고 쑤시고 아프다고 하며 진통제를 놔 달라는 할아버지 환자가 있었다. 당뇨 합병증의 증상 중 하나로 말초 신경까지 통증이 나타나고 있는 상태였다.

할머니는 할아버지가 아프다는 말에 이골이라도 난 듯 아기도 아니고 다 큰 어른이 왜 자꾸 참을성도 없이 보채냐고 면박을 준다. 진통제 자꾸 맞아서 내성 생기면 나중에는 어쩌려고 그러냐면서 할머니가 선을 긋는다. 그때 참고만 있던 할아버지가 뼈 때리는 한 말씀을 하신다.

"아이고 이 답답한 사람아! 내가 어린아이가? 당신 눈에는 내가 뭐로 보이노? 어린아이라면 엄살이라도 피우고 거짓말로 부풀리기도 한다지만 어른이 아프다고 하면 아픈 거지 무슨 잔소리가 그리 많노!" 그렇게 말씀하시며 버럭버럭 화를 냈다. 곰곰이 생각해 보면 참 맞는 말이다.

사실 나도 환자가 아프다고 하는 말에 많이 무뎌져 있음을 안다. 냉철한 것인지 무심하게 된 건지, 아니면 반반 섞여 있는 건지도 모르겠다. 집에 누가 아프다고 해도 무심하게 별것도 아닌 것처럼 툭툭 던지게 된다. 그 말 한마디에 가족들은 실망하고 서운해한다. 확실히 직업병이다.

오후가 되자 투석실에 점심반 투석 환자들이 들어왔다. 서로 자기 마음에 드는 자리를 차지하려고 실랑이가 일어나기 일쑤다. 예를 들면 TV가 제일 잘 보이는 자리라든지, 벽 하나를 끼고 있는 구석의 조용한 자리라든지. 이런 자리는 늘 인기가 많았다.

한번은 투석실에서 원하는 자리를 간발의 차이로 놓친 할머니 한 분이 계셨다. 어느 침대든 누워야 투석을 시작할 수 있는데 눕지를 않는다. 시위를 하는 셈이다. 나는 얼른 눈치를 채고 "이곳으로 와 보세요. 여기가 우리 병원에서 제일 비싼 명당자리입니다." 하면서 손을 잡고 다른 남아있는 빈자리로 안내했다. 하는 수 없다는 표정으로 자리에 걸터앉으면서 하시는 말씀! "명당은 묘터 하나면 되지 여기가 어째 얼어 죽을 명당이고!" 아차! 아픈 사람과 안 아픈 사람과는 거리가 존재했다. 다음에는 명당이라고 하지 말고 VIP석이라고 해야겠다.

70대 할머니 한 분이 투석을 시작한 지 얼마 되지 않았을 때다. 헛구역질을 하고 식사를 못 했다. 몸속의 노폐물이 소변으로 빠져나가지 못하고 쌓이면 이런 증상이 나타나고 급기야 영양실조까지 온다. "배는 고픈데 밥알이 모래알 씹는 거 같다. 세상천지에 먹을 만한 게 없다."라며 축 늘어져 계신다. 일단 뭐라도 먹어야지 식이제한을 시키든 권장을 하든 할 것인데, 이 상황에서는 영양제 주사가 답인가? 싱겁게 먹고, 익혀서 먹고, 조미료 쓰지 말라는 나의 식이 교육은 허공에 거적 펴는 일이 되었다.

그때 옆에 있던 선배 투석 환자가 신규 투석 환자한테 말한다. "아이고, 할머니요. 집에 가거들랑 제삿밥 해서 한번 잡숴 보세요. 나도 처음에는 그랬습니다. 죽으려고 해도 죽을 기운이 없어서 못 죽었던 때가 있었거든요. 하루는 옆집에서 병원 다닌다는 소식 듣고 병문안을 왔습니다. 전날 제사 지냈다며 반찬 몇 가지랑 제사 음식을 좀 싸 왔습니다. 원래 제사 음식이 다 그렇듯 맵지도 않고 간도 심심해서 참기름 몇 숟가락 얹어 그 자리에서 밥 한 공기를 다 먹었습니다. 한 끼 그렇게 먹고 나니 맨날 퉁퉁 부어 있는 눈꺼풀도 영 가볍습디다. 사람이 뭐든지 뭘 먹어야 기운도 나고 살맛도 생깁디다. 그 뒤로부터 밥맛이 돌아와서 차츰차츰 기운을 차렸습니다. 나도 투석 시작할 때 얼마나 고생을 했는지 그때 생각이 나서 드리는 말씀입니다."

여기에 얼른 내가 말을 보탠다. "투석을 처음 시작할 때는 다른 사람들도 다 이런 과정을 거쳐 갔습니다. 이것 때문에 투석하는 겁니다. 투석하면서 요독이 빠져나가면 훨씬 좋아집니다. 너무 걱정하지 마시고 정 못 드실 것 같으면 오늘은 열 숟가락만 드셔 보세요. 제사 음식처럼 해서 드셔도 됩니다. 대신 국물은 숨이 찰 수 있어서 조심해야 합니다."

그날 저녁 집에 와서 생각해 보니 제삿밥 추천은 괜찮은 듯했으나 죽어서 귀신 되어 먹는 밥이 제삿밥이라 계속 옆에서 "내

말 믿고 제삿밥 한 번 잡숴 보세요. 뭐니 뭐니 해도 제삿밥이 최고더라." 하는 소리를 듣고 행여 죽어서 귀신 되어 먹는 제삿밥을 떠 올릴까 봐 내 간이 쪼그라들었다. 더 큰 오해를 불러오기 전에 제사 음식이란 말 대신에 다른 이름을 찾아봐야겠다.

이렇게 말 한마디에 힘을 얻기도 하고 말 한마디 때문에 상처를 받기도 하며 산다. 어릴 때 엄마가 내게 해 준 말이 생각난다.

"아무리 말을 못 하는 어린아이도 아무리 못 배우고 무식한 노인이라도 자기 무시하는 건 다 아는 법이다."

사우디아라비아에서 만난 사람들

사우디아라비아 리야드 센트럴 병원! 스물다섯, 스물여섯, 스물일곱! 지금 생각해도 그 나이는 내 인생에서 가장 빛날 때였다. 그 3년 동안 나는 뜨거운 사막의 나라, 사우디아라비아에 있었다.

학교 졸업하자마자 근무하기 시작해서 3년 차가 되었을 즈음. 일에 탄력도 붙고 여기저기서 칭찬도 듣고 하니 세상 무서울 게 없었다. 마침 사우디아라비아에서 근무하던 선배가 휴가를 나왔다. 해외 근무라고는 하지만 혼자만 뚝 떨어져 근무하는 것이 아니라 메디컬 센터에서 근무하게 되며, 그곳에는 대부분 한국인 간호사가 근무하고 있어 적응에 별 어려움은 없을 거라고 했다. 이미 10여 년 전부터 선배들이 워낙 길을 잘 닦아 놓은 곳이라 의료 시스템도 한국과 비슷하고 영어도 6개월 정도 고생하고 나면 필리핀 간호사랑 싸워서 이길 수도 있다고 했다.

특히 월급은 한국의 3배가량 되고 10개월 하고 보름을 근무하고 나면 45일 간의 유급휴가를 준다고 했다. 처음에는 가족을 보러 한국에 나오다가 해가 거듭되면 항공권을 바꿔 유럽 여행을 떠나는 사람도 많다고 했다. 나도 가면 잘 할 수 있을까 하는 물음에 선배는 "간호사는 어딜 가나 간호사지!"라고 해 주었다. 그 말이 내게는 답이 되었다. 나는 가족을 위해 강해지기로 마음먹었다.

해외 이주 개발 공사에 가서 해외 취업 신청서를 적고 서류 심사와 면접을 통과한 후, 서울에 올라가 한 달 동안 반공 교육을 받고 영어 공부를 했다. 그곳에서 동갑내기 마리진이라는 세례명을 가진 친구를 만났다. 경상도 사투리를 쓰는 내가 그녀에게 끌렸던 것은 순전히 그녀의 서울 말씨 때문이었다. 나의 영어 수업은 엑설런트하다며 선생님께 칭찬받는 레벨이었지만 실전 회화에서는 허들에 턱턱 막혀 넘어지고는 했다. 그에 반해 마리진은 영어까지도 유창했다. 내게 없는 두 가지를 다 가진 친구여서 내가 먼저 말을 걸었다.

마리진은 사우디아라비아를 찍고 미국 간호사 면허 시험을 봐서 미국으로 들어갈 큰 그림을 그리며 왔었지만, 사우디아라비아에서 방향을 급변경하게 되었다. 3년 뒤, 한국에 돌아와서는 나와 둘이 수녀원 문 앞까지 갔다가 그 친구만 들어가고 나는 한 달 뒤 결혼식장으로 가게 되었다. 지금 그 친구는 수녀원장이 되었고 우리나라보다 외국에 거주하는 기간이 더 많아졌다. 이제는 잊을 만하면 걸려오는 생존 안부 전화에서 "딸 셋 중에 수녀원 오겠다는 아이는 없니?" 하고 묻는다.

사우디아라비아에 도착한 후, 아마 환영식 날이었을 것이다. 광주 출신으로 운동권에 있다가 직장에서 권고사직을 당하는 바람에 사우디아라비아까지 오게 된 선배가 있었다. 푸념처럼 하는 말이 오래도록 기억에 남아있다. "인간이 싫어 이곳까지 왔더니 오고 보니 밀림이다. 인간 밀림!" 나도 살아보니 그 말이 참으로 실감이 났다.

선배는 "사우디아라비아까지 온 사람들은 열 사람이면 열 사람 다 적어도 평범한 사람들은 아니다. 무엇이든 다 그만한 사연들은 가지고 왔다. 어쩜 사람들이 말하는 팔자 센 년이란 말이 영 틀린 말은 아닐 것이다."라고 했다. 나는 그 말이 참 슬펐다. 한국에 있을 때도 들어 왔던 말이고 그런 년들이 다 모여 있는 곳이라 생각하니 동지 의식이 생기고 연민이 따라왔다.

그날 이후부터 뭔지는 모르지만 깊은 슬픔을 간직한 것 같은 그 선배에게 이끌려 언니라고 부르며 따라다녔다. 연말에 기숙사에서 연극제가 열렸는데 대학로 진출 경험이 있는 이 언니 덕분에 나도 연극에 참여하게 되었다. 남 앞에 나설 때는 늘 머뭇거리거나 뒤로 빠졌는데 "한 번쯤은 해보기 싫은 것도 해봐야 인생이지!"라는 언니의 말에 용기를 얻었다.

함께 할 사람들을 모으러 다니고, 초대장을 만들어 부장님께 인사도 하러 가고, 포스터도 만들어서 엘리베이터와 게시판에 붙였다. 그 언니가 그림을 그리면 나는 그 옆에다 글을 썼다. 사람들은 내 글에 공감해 주었다. 그게 좋았다. 지금은 희미한 기억이지만 앨범에 남아있는 사진으로 유추하자면 그 언니는 쇠사슬을 온몸에 걸치고 그것을 벗어나려 하고 있고, 나는 음유시인 복장을 하고 있다. 연극 내용은 희미하지만 몇 날 며칠 동안 연극 대사를 외우며 복도를 서성이던 때가 떠오른다.

기숙사에 일단 들어오고 나면 개인적인 외출은 할 수가 없었다. 대신 매주 토요일은 쇼핑한다는 이유로 외출 신청을 하면 배차를 시켜줬다. 우리는 외국인이라 여권 복사본을 가지고 머리에 히잡을 두르고 복장 검사까지 한 뒤에야 나올 수 있었다.

기숙사 사감은 늘 같은 소리를 했다. 혼자 다니지 마라. 히잡 벗지 마라. 기도 시간을 기억해라. 매번 그 말을 듣고 문을 나섰다. 우리는 리야드 시내에서 제법 큰 월마트 앞이나 재래시장 입구에서 내렸고 일부 선배들은 택시를 타고 다른 장소를 물색해 이동하기도 했다.

어느 날, 나에게도 외국인 남자 친구를 사귈 기회가 왔다. 사우디아라비아 남자들은 하얀색 토브를 입고 터번을 머리에 쓰고 다니는 데 비해 외국인들은 평상복을 입고 다녔다. 마트 진열대 앞에서 푸른 눈동자와 회색 머리카락의 젠틀맨이 몰려다니는 우리를 보고 "어느 나라에서 왔니?" 하며 말을 걸어왔다.

체구는 그리 크지 않고 말쑥한 청바지 차림이다. 스웨덴의 웁살라 대학을 졸업하고 1년 전에 사우디아라비아에 와서는 재무

부에서 일한다고 했다. 숙소 연락처가 적힌 명함을 받았는데 내 쪽에서 먼저 전화를 해야 통화가 가능했다. 문제는 통화를 하면 귀 한 쪽으로만 정보를 받아들이게 되어 마치 AFKN을 2배속으로 듣는 것 같았다. 전화를 끊고 난 다음에도 긴가민가하며 찜찜하기가 일쑤였다. 한번은 주말에 자기네 빌리지에 친구들과 파티를 하니 놀러 오라고 초대를 했다. 참고로 풀장이 있으니 올 때 수영복을 챙겨오라는 것이었다.

수영장이라는 말에 당황하여 마리진에게 이야기하자 그녀는 자신의 수영장 사건을 말해주었다. 옛날에 외국인 친구가 "Can you swim?"이라 물어서 "I can't"라고 대답했는데, 갑자기 등 뒤에서 확 미는 바람에 수영장에 빠져 익사할 뻔한 적이 있었다고 했다. 못 한다고 할 때 'can't'는 길게 발음해야 하는데 한 끝 차이로 그가 "I can"으로 잘못 들은 것이었다. 나도 까딱하다간 어영부영한 내 영어 실력으로 남의 동네에서 물귀신이 될 수도 있을 것 같았다. 물론 갈 수 없는 상황이었고 가지도 않을 작정이었지만, '수영복'이라는 말에 우리와의 문화 차이, 나와의 거리감이 크게 느껴졌다. 며칠 고심한 끝에 내 인생에 그 사람의 역할은 거기까지인 걸로 하고 명함을 버렸다. 기숙사 동료들은 심심하면 놀렸다. "수영복은 사 놨니?"

사우디아라비아라는 나라에서 나는 코끼리 다리만 만지다가 온 것 같다는 생각이 들었다. 기숙사와 병원을 전전하고 간호사로서만 살았기 때문에 사우디아라비아의 진면목은 알지 못한다.

그럼에도 사우디아라비아에서의 3년은 내 인생에서 가장 뜨거운 체험이었다. 3년 동안 사우디아라비아에서 만난 한 사람 한 사람 모두가 내 청춘의 증인이며 나의 지적 재산이며 나를 성장시켜 준 동력이다. 그들은 팔자가 센 사람들이 아니라 책임감이 강한 사람들이었으며 자신의 삶을 깊게 들여다보며 사는 사람들이었다. 지금도 사람들이 묻는다. 어떻게 거길 갈 생각을 다 했어요? 나는 그저 씨익 웃어준다. 그게 내 답이다.

사우디아라비아 병원 안과 밖

　　　　　주말이 되자 기숙사가 술렁거렸다. 비번인 간호사들이 도심 한복판에 있는 대공원에 소풍을 가게 되었다. 대공원은 하루는 남자가 입장하고 그다음 날은 여자와 아이들만 입장할 수 있었다. 어이가 없었던 건 공원에서 실컷 놀고 나오면서 우리가 서로에게 했던 말이다. "얘들아, 그 공원 안에 뭐가 있었니? 사람들이 공원 가서 뭐 봤냐고 물으면 뭐라고 대답할래?"
　여기저기 사진 찍느라고 원숭이를 봤다는 사람보다 안 본 사람이 대부분이었고, 다들 오랜만에 느껴보는 외국 속의 풍경이라 꽃 하나 나무 하나 놓치지 않고 사진을 찍어대느라 손과 발이 엄청 바빴다. 가끔은 병원에서의 기념 사진을 노리는 동료가 있기는 했지만, 이곳에서는 카메라의 플래시가 번쩍할 때 자신의 영혼이 빠져나간다고 여기기 때문에 사진 찍는 것은 금기라고 했다.

공원에 와서 보니 현지인 말고 외국인도 많았다. 여자들과 아이들은 내가 생각했던 것보다 훨씬 자유로워 보였다. 사우디아라비아 현지 사람인지 주변 국가 사람들인지 구별하기는 어려웠다. 우리 눈에는 다 똑같아 보였다. 용기를 내어 같이 사진 찍어도 되겠냐고 물었는데 흔쾌히 예스라고 한다. 알고 보니 팔레스타인 사람이었고 그들도 우리가 궁금했나 보다. 우리보고 다 비슷비슷하게 생겼다고 하고 우리도 그들이 모두 비슷하고 닮았다고 우겼다. 아이들은 그림책에서 본 천사 같고 여자들은 짙은 마스카라에 강렬한 이목구비, 번쩍이는 금 장신구, 풍만한 팔등신이 돋보였다. 그들은 우리의 메이크업에 관심을 보였다.

공원을 빠져나오니 입구에 남자들이 빙 둘러 서 있었다. 마치 공항 입국장에 마중 나온 사람들처럼. 한 무리가 개찰구를 빠져나가니 어디선가 한 남자가 차 키를 손가락으로 빙빙 돌리면서 걸어 나와 여자의 손에 든 짐을 받아 들었다. 우와, 어떻게 알았을까? 여자들은 모두가 눈만 보이는 차도르를 입고 있는데 어떻게 알아봤을까? 정말 신기한 풍경이었다.

복병은 밤에도 있었다. 지금은 코로나 때문에 우리나라 사람들도 그렇게 하지만, 여기 사람들은 입원해서 자기 침상이 정해지면 제일 먼저 자기 영역을 커튼으로 가렸다. 불을 끈 채로 야간 근무 할 때, 여자 병실은 커튼을 열면 새까맣게 눈만 보이는 차도르를 두르고 있어서 깜짝 놀란다. 누가 환자고 누가 보호자인지, 어릴 때 불 꺼놓고 귀신 놀이할 때처럼 얼굴은 분간하기가 힘들고 당황스러웠다. 남자들은 자기 부인을 어떻게 알아맞히는 걸까? 신기하기만 했다.

한번은 에이즈 환자가 입원을 했다. 미국에서 신장 이식을 했는데 수혈을 통해 감염되었고, 이번에는 합병증이 나타나 1인실에 입원하게 되었다. 말로만 듣던 에이즈다. 병동 분위기가 어수선해졌다. 영국에서 의대를 졸업한 사우디아라비아 의사는 아침 일찍 출근해서 차트에 처방만 그려놓고 문제 있으면 전화하라고 해 놓고 사라졌다. 간호사들은 이역만리까지 와서 재수 없게 감염되면 누가 내 인생 책임지냐며 될 수 있으면 피하려고 수군거렸다.

그날 저녁, 기숙사 강당으로 비상 소집령이 내렸다. 간호부장의 목소리는 고양되어 있었다. 간호사가 환자를 차별해서 보려고 한다는 것은 간호사의 자격 문제다. 환자이기 이전에 한 인간으로 돌봄이 제공되어야 한다. 리야드 병원 전부가 한국 간호사가 어떻게 대처하는지 지켜보고 있다. 에이즈는 접촉 감염이다. 우리가 조심해야 하는 건 주삿바늘 찔림 사고가 발생하지 않도록 하는 것이다. 등등 그렇게 말하며 환자를 대하는 감염 지침을 설명했다.

모든 처치는 다른 환자를 다 하고 난 뒤에 제일 마지막에 하고, 소독 장갑을 끼고 소독 가운을 입은 채로 모든 간호 업무를 한꺼번에 모아서 수행하고 나오라고 했다. 모든 의료 물품은 일회용품으로 사용했고, 그 환자가 사용한 배식 그릇과 침대 시트는 물론 고가의 의료 비품도 일회용으로 사용한 후 밀봉해서 버렸다. 매번 놀랍고 부러운 건 리야드 센트럴 병원은 국립병원이고, 환자에게 사용된 모든 것은 무상이라는 사실이다.

에이즈도 무지에서 오는 두려움이 크다. 전날 그렇게 교육을 받은 후, 심호흡 한번 하고 병실 문을 열고 들어갔다. 얼굴에 희한한 피부병이 생긴 환자를 상상했으나, 정작 환자는 창백한 얼굴로 기운 없이 누워 있었다. 남의 생명을 위협하는 무서운 에이즈가 누워 있는 게 아니라, 그냥 기운 없고 눈망울에 두려움이 가득 찬 환자가 있을 뿐이었다.

병실에 들어가서 환자와의 직접 접촉을 줄이려고 모든 걸 기계로 연결해 놓은 걸 점검했다. 병실에 자주 들어오지 않더라도 간호사실에서 모니터링을 할 수 있도록 세팅해 놓은 것이다. 몇 개의 링거액도 펌프 주입기를 거쳐 시간당 들어갈 양만큼만 정확하게 주입되었다. 환자는 에이즈와 혼자 싸우고 있었다. 나를 멍하니 쳐다보았다. 보호자도 없다. 자기 나라지만 외국인 간호사 틈바구니에서 표현도 제대로 못 하고, 죽음을 문 앞에 두고 외로움까지 합세하여 싸우고 있다.

내가 조용히 웃으며 고개를 끄덕여 주었다. 그리고 그냥 우리나라 말로 이야기했다. "알리 씨, 많이 힘드시지요. 힘내세요." 뭐 이런 이야기를 해주었던 것 같다. 환자는 어디를 가나 환자이고 간호사는 어디를 가나 간호사다. 나는 이 말로 나를 중무장 시켜가고 있었다.

그 에이즈 환자는 보름을 못 버티고 사망했다. 서번트와 함께 시신 안치소까지 침대차에 싣고 갈 때도, 옆에 보호자가 없었다. 이곳에서는 임종 전에는 보호자가 예민하게 굴다가도 막상 돌아가시면 더는 왈가왈부하지 않았다. '인 샤월라! 신의 뜻대로!' 우리와는 사뭇 다른 문화를 가지고 있었다. 정오를 지나자 그림자가 내 발밑에서 밟힌다. 모스크에서 기도 시간을 알리는 아잔 소리가 났다.

그때, 예멘인 서번트는 길 한복판에 갑자기 이송 침대차를 세우더니 자기는 기도하러 가야 한다면서 옆도 뒤도 안 돌아보고 쏜살같이 소리 나는 곳으로 사라졌다. 기도를 안 하는 게 문제지, 두고 가는 것은 문제가 되지 않았다. 황당했다. 말로만 들었지, 정말 이럴 줄은 몰랐다. 그래서 선배들이 기도 시간 되기 전에 도착해야 한다고 했구나!

아랍인이 지켜야 할 게 기도 시간이라면 필리핀 간호사에게는 퇴근 시간이라는 게 있다. 침상에서 누워서만 지내는 환자의 다리를 씻겨주다가도 자기 퇴근 시간이 되면 "I am finished." 하고 남은 한쪽 다리는 그대로 놔두고 퇴근을 해 버렸다. 그렇다고 누가 뭐라고 하지도 않는다. 그게 당연한 거였다. 이것이 우리와 다른 문화였다. 그들에게는 우리가 오히려 이상하게 보인다. 그들은 근무 시간과 개인 시간을 엄격하게 구분했고 우리 한국 간호사들은 언제나 근무시간을 우선시했다. 조금은 바뀌어야 할 때가 되지 않았나 싶었다.

그렇게 사우디아라비아에서 3년을 지낸 뒤, 한국으로 돌아와 이전 병원에 재취업을 했다. 이제 자리 잡고 사나 했더니 사우디아라비아서 만난 선배를 그 병동에서 또 만났다. 내가 사우디아라비아행을 결정했던 것도 이 선배 때문이었는데 또 나를 들쑤신다. 이집트 여행 가서 가이드였던 이집트 현지인과 서로 선물을 주고받고 근무 중에도 영어 통화를 하며 전화기를 안고 다니더니, 지금은 이집트인의 부인이 되어 영국에 가서 살고 있다. 드골 공항에서 안전요원 복장으로 찍은 사진을 보내왔다.

　너도 오고 싶으면 언제든지 이야기하라고 한다. 참 힘이 되는 말이다. 그때는 가족을 위해서 떠났는데 이제는 나를 위해서 한 번 떠나보고 싶은 작은 씨앗 하나가 자라고 있었다

리야드 센트럴 병원

1987년 여름, 리야드 공항에서 내려 기숙사에 도착했다. 아파트 한 동 전체를 한국인 간호사 숙소로 사용하고 있었다. 방마다 평수는 조금씩 달랐지만 내 숙소는 45평에 거실은 공용이고 방 하나에 한 명씩 4명이 사용했다. 침대, 협탁, 옷장, 책상 등이 세팅되어 있다. 이 가운데 한 사람이 본국으로 휴가를 가게 되면 3명이 사는 공간이 된다. 방을 옮기지는 못하지만 가구 배치는 얼마든지 바꿀 수 있어서 다들 자기만의 공간을 만들어서 공주방처럼 꾸며 놓고 살았다.

서랍 안에는 내가 살게 될 그 방의 선배들이 준비해 놓은 환영 선물이 있었다. 그중에 펜으로 빼곡하게 적은 수첩이 한 권씩 들어 있었는데 생존 아랍어 수첩이었다. 아랍어를 소리 나는 대로 적고 우리말로 풀이해 놓았다. 우리는 아랍어 족보라고 불렀다. 영어책보다 더 많이 외웠던 것 같다. 근무하다가도 그 족보를 꺼내 봤다. 휴대폰의 어학 사전 어플 정도로 보면 되었다.

병원에서는 여러 나라의 의료진이 있었다. 의료진 간에는 영어로 소통하고, 환자들과는 영어를 잘 못하는 경우가 대부분이라 아랍어로 소통했다. 간호사가 환자에게 묻는 단어는 사실 그리 많지 않았다. 잠은 잘 잤는가? 어디 아픈 곳은 없는가? 얼마나 먹었나? 하루에 소변, 대변은 얼마나 보았는가? 약은 먹었는가? 뭐이런 단순 대화와 답변이 적혀 있었는데, 우리의 질문 수준에 맞게 환자들도 문장으로 답하지 않고 단어로 대답해 주었다. 심리적인 지지나 전인적 간호까지는 깊게 접근하지 못해서 표정이나 몸짓으로 접근해 나갔다.

대기실 의자에 누워있는 환자를 보니 우리나라에서도 많이 본 풍경이었다. 세계에 어디를 가나 아픈 사람은 있다. 그 아픈 사람들이 각기 다른 피부색과 다른 장소에서 다른 언어를 쓴다고 해도 환자는 환자이고 맹장염은 맹장염이었다. 이런 생각들이 '간호사는 간호사지!' 하고 내가 사우디아라비아까지 와서 하고자하는 일에 정체성을 불어넣었던 것 같다.

영어를 정확하게 구사하지는 못해도 입원할 때 가지고 오는 진단명에 대해 내가 알고 있는 질환이면 그 증상과 검사 종류와 치료 방법은 정해져 있기 마련이다. 환자가 말하는 걸 정확하게 파악하지는 못해도 충분히 유추할 수 있다. 그게 경력자다. 맹장염일 때 아프다는 곳이 같고 신체 사정을 해도 같이 나타나고 혈액검사나 초음파 검사 결과로 알 수 있고 치료 방법도 약 처방 기준도 종류만 다를 뿐 항생제, 진통 소염제, 위산 억제제 등을 사용할 것이다.

언어가 달라도 무슨 말을 하고 있는지는 쉽게 이해되었다. 그들은 환자이기 이전에 한 인간이다. 언어는 정말 소통의 한 도구일 뿐이란 것을 알았다. 결국 간호사는 자기가 아는 만큼 환자를 도와줄 수 있는 거다. 내가 만나는 환자들에게 도움을 줄 수 있다는 사실이 나를 나답게 했다. 하마터면 시키는 일만 하다가 살 뻔했다.

외국에서 혼자만 뚝 떨어져 근무하는 환경이 아니라 한국인 간호사 기숙사에서 살면서 한국인 간호사들만 근무하는 내과 병동에서 일한다는 건 그렇게 악조건이 아니었다. 한국인 간호사의 파워가 커서 다른 나라 간호사들은 엄청 부러워했다. 아예 한국인 간호사 사무실이 따로 있고 그 사무실은 지금 한국의 의료 프로세스가 그대로 구축되어 있었다. 의사들은 신입에게는 잘 물어보지 않고 데스크의 선배들에게 업무 지시를 내렸고, 우리는 선배들을 통해 환자에게 직접 간호를 수행했다.

선배들은 나와 비슷한 실력으로 건너와서, 6개월 정도 시간이 지나자 의사소통을 할 수 있게 되어 여기저기 말싸움도 일어나고 목소리도 높아졌다. 나도 저렇게 한번 큰 소리로 싸워보고 싶었다. 말을 못 하니 참을 일이 한두 가지도 아니고 고작해야 바늘 찌를 때 한 번만에 찌르지 않고 계속 팔 소독을 하고 찌를 듯 말 듯하며 긴장감 늘리는 걸로 소소한 복수를 하고 있었다.

환자 상태가 악화되면 중환자실로 옮기면서 환자에 대한 정보를 인계해야 하는데, 그곳에는 못된 필리핀 간호사들이 근무하고 있었다. 그들은 마치 우리에게 피해 의식이라도 가진 듯 얼마나 따지면서 꼬치꼬치 묻는지, 인계를 하고 올 때마다 울먹이고 오는 신입들이 한둘이 아니었다. 차라리 욕이라고 하고 왔으면 덜했으려나! 무슨 뜻인지는 알겠는데 어떻게 말해야 할지 입 안에서 버벅거리기라도 하면 그들은 그 순간을 절대 놓치지 않았다. 말은 안 해도 표정으로 무시한다는 게 느껴졌다. 너무 기분 나쁘고 자존심 상해 돌아올 때는 나라를 잃은 것처럼 복수심이 생겨났다.

돌아오자마자 하고 싶었던 말을 다 적어놓고 벽에다 대고 삿대질을 하며 열댓 번을 되뇌인다. 다음에 내가 가면 분명히 이 문장을 꼭 말해주겠다는 단호함과 엄숙함으로 나의 복수 언어를 키워나갔다. 그렇게 복수 영어로 나를 키우다 보니 언제 그랬냐는 듯 준비한 말을 다 하고 올 때가 차츰 늘어났다. 돌아올 때는 의기양양하게 어깨를 펴고 돌아올 수 있었다. 봄꽃도 날씨 따뜻하다고 피는 게 아니라 자기의 시간이 되어야 꽃 피우듯 영어 실력도 시간에 비례하는 것 같았다.

환자들에게는 단연코 우리 한국 간호사가 인기 최고였다. 리야드 센트럴 병원에서 잔뼈가 굵어진 태국 출신과 예멘 출신 서번트가 있었는데 병동에 소속되어 있고 간호사의 지시를 받아서 간호 업무 이외의 이송이나 전달 등 병동을 벗어나는 업무는 이들이 하고 있었다. 이들이 간호사 뒷담화하는 걸 들었다. 필리핀 간호사들은 그 자리에 서서 입으로만 다 시키고 자기는 꼼짝도 안 하고, 인도 간호사들은 결정을 안 해주고 기다리라고 한다. 한국 간호사들은 센스가 있고 잘 들어주고 부지런하다며 원더풀이라고 했다.

속으로 씩 웃는다. 그럴 수밖에 없는 그들이 모르는 우리의 속사정이 있을 뿐! 사실은 이러하다. 환자 침대 옆에는 호출용 콜벨이 하나씩 다 있다. 벨을 누르고 그들이 링거가 다 들어갔다든지 어디가 아프다든지 급하게 요청을 하는데, 우리는 우선 말을 못 하니 직접 뛰어가서 확인해야 하고 얼굴 표정 보고 어디가 아픈지 읽는 수밖에 없다. 그래서 뛰어다니고 바쁘게 움직인 것이고 귀담아 준 것이다. 환자의 언어뿐만 아니라 비언어적 표현까지 보태야만 우리의 대화가 완성되기 때문이었다.

시간이 지날수록 치열하게 살았던 시간이 희미해져 간다. 이제 영어보다는 컴퓨터 언어를 배워야 할 시간이 온 것 같다. 휴대폰에 어플 하나만 저장해 놓으면 무엇이든 할 수 있는 세상까지 왔다. 4차 산업 혁명 시대에 들어서면서 AI가 대체할 직종이 수천 개가 된다고 한다. 간호사를 대신할 AI를 한번 상상해 본다. 간호사의 업무를 지원해 줄 수는 있어도 환자와 정서적, 감정적으로 교감하고 지지해 주지는 못할 것이다. 이것은 생명에게 물을 주는 일이기 때문이다.

지금 나는 안녕한가?

       제주도에 가면 성이시돌목장이 있다. 그 주변에는 며칠 머무를 수 있는 피정 센터도 있고 묵상하기 좋은 새미 동산과 성당, 수녀원 등이 모여 있다. 제일 처음 이곳을 들렀을 때는 사우디아라비아에서 만난 내 영혼의 단짝 마리진과 함께였다. 마리진은 그 친구의 세례명이다.

  낯선 사우디아라비아에서의 밤이 깊어갈수록 우리의 우정도 깊어갔다. 우리는 사우디아라비아에서 계약을 연장할 것인지 종료할 것인지부터 시작해서 이야기에 꼬리가 붙어 심야 난상 토론을 하기도 했다. 그때 주고받았던 편지도 모아 두었더라면 분명히 베스트셀러가 되었을 것인데 아쉽기 그지없다.

  우리는 서로 생각하는 방향이 같다는 것도 그렇게 알게 되었다. 우연히 신문에서 킬리만자로의 만년설 덮인 산자락 밑에서 의료 봉사를 하는 기사 한 조각을 읽었다. 해외 의료 봉사 활동을 하면서 사는 삶도 그리 나쁘지 않을 것 같았다. 운명처럼 그 기사에 빨려 들어갔다. 연예인 사진을 보고 태교를 하듯 나도 책상 앞에 그 사진을 붙여 놓고 내 미래를 꿈꾸었다. 아직도 그곳에 가 있는 나를 상상하면 가슴이 뛴다. 언젠가는 꼭 한번 다녀올 생각이다.

사우디아라비아에 있을 때, 언니가 고향에서 편지를 보내왔다. 엄마가 대동 밭 언덕배기에 주저앉아 차 한 대 지나갈 때마다 경옥아! 하며 내 이름을 목이 쉬도록 부르면서 우는 걸 봤다고 했다. 그 언덕배기는 고속도로가 옆에 있어서 차가 쌔앵쌩 하고 지나갈 때마다 엄마의 울음을 주워 삼키고 갔을 것이다. 그 편지를 이불 속에서 몇 번이나 읽고 또 읽으며 몸살을 앓았다. 엄마는 나 때문에 울고 나는 엄마 때문에 울었다. 감옥 같기도 하고 사막 같기도 한 사우디아라비아에서 그리움은 시간을 참 더디 흘러가게 한다.

마리진은 그 시간을 나와 함께해 준 친구다. 왜 내가 수녀원에 가고 싶었는지, 언제부터 그런 생각을 했는지 나도 모른다. 내 기억으로 나는 교리가 아니라 사람을 통해 신앙을 배웠던 것 같다. 할아버지, 아버지에 이어 3대가 가톨릭 집안이었고, 졸업한 학교가 미션스쿨이었고, 가톨릭 이념으로 설립된 직장에서 근무를 했다. 내 주위에는 마리진처럼 보석 같은 사람들이 항상 있었고 나는 그들과 어울리면서 나도 모르게 그들에게 조금씩 물들어 갔다. 태어나자마자 유아 세례부터 받아 무늬만 신자였다가 어느 순간 들여다보니 그 물이 스며들어 있었다.

아무리 생각해도 뼛속까지 신자도 아닌데 나는 왜 수녀가 되고 싶어 했을까? 행여 내가 여기에 대한 답을 찾아냈더라면 그때 수녀원에 갈 수 있었을까? 막연하지만 아주 오래전부터 내 영혼이 자유롭고 편안하게 쉴 수 있는 곳을 끊임없이 갈망해 왔는데, 그곳이 수녀가 사는 수녀원이라고 생각하고 있었던 것 같다.

나에게는 나보다 열 살 많은 수녀 고모가 있다. 사우디아라비아에서 받은 편지 한 통에서 고모는 "나이 들수록 나그네라는 말이 정겹다."라고 했다. 스물다섯 살 때 고모는 집을 떠나 수녀원으로 들어갔고, 나는 집을 떠나서 사우디아라비아로 온 셈이다. 어릴 때 마당에서 본, 무릎 꿇고 두 손 모으고 기도하던 고모의 모습이 기억난다. 그때 고모의 기도는 무엇이었을까? 설마 수녀원에 들어가게 해달라고 한 건 아니었겠지. 나도 고모 때문에 그 '나그네'가 점점 좋아지고 있다. 마지막 줄에 덧붙인 한마디. '살다 보니 수녀로 사는 것도 괜찮다.' 고모가 나를 유혹하는 간접 화법이다.

우리는 1989년 겨울에 사우디아라비아에서 돌아왔다. 둘 다 다시 근무했던 직장에 별 어려움 없이 재취업을 했다. 집에 알리지는 않았지만 수녀원에 들어가기 위해 조금씩 주변을 정리했다. 수녀원 입회에는 나이 제한이 있었다. 서른 살이 넘어가면 이미 사회 생활을 통해 익숙해진 생각이나 행동, 사고방식 때문에 수녀원 안에서 수도자로서의 특별하고 제한된 생활에 적응해 내기가 어렵다고 했다. 내가 생각하기에 수녀원에서의 생활도 사우디 아라비아에서 보낸 숙소 생활과 비슷할 것 같았고, 수녀원에 들어가고 나면 매인 몸이 될 것 같았다.

그러기에는 아직 우리가 해보지 않은 것이 너무 많았다. 더 늦기 전에 세상 구경도 좀 하고, 연애도 좀 해 보고 들어가야 덜 억울할 것 같았다. 시간이 얼마 남지 않았다고 생각하니 마음이 바빠졌다. 문 앞에서는 '스물여덟 살'이 서성거리고 있었다.

마리진과 나는 배낭 하나 메고서 부산 연안 부두에서 만났다. 페리호를 타고 제주도로 갔다. 사우디아라비아에서와는 달리 말이 통한다는 것만으로도 우리는 너무 자유로웠고 세상 무서울 게 없었다. 어디를 가거나, 누구를 만나거나, 날씨야 비가 오든 바람이 불든지, 춥든지 덥든지. 사우디아라비아에 비하면 아무 문제될 게 없었다. 배 안에서 자고 일어났더니 제주항에 도착해 있었다. 이렇게 쉽게 올 수 있는 제주도였는데 제주도가 뭐라고! 친구들 다 가는 대학 졸업 여행도 못 가보고 청춘의 뒤안길에서 숨죽여 울었을꼬? 그 제주도에 드디어 내가 발을 디뎠다.

성이시돌목장에 있는 피정의 집으로 숙소를 정했다. 여행 지도 한 장을 갖고, 새벽부터 일어나서 해가 지고 어두컴컴할 때까지 버스를 타거나 걸어 다녔다. 제주도를 만만하게 봤다. 지도에서 본 이시돌목장에서 성산포까지의 거리는 우리가 생각했던 이웃 동네만큼의 거리가 아니었다. 산티아고 순례길만 순례가 아니라 우리가 걸어갔던 그 길들이 다 순례길처럼 여겨졌다. 장난 삼아 시작한 히치하이크의 단맛을 알아버렸다. 중년 부부 여행에도 끼여 립서비스로 차비를 대신했고, 천지연 폭포 앞에서 신혼부부 사진 몇 번 찍어주고 그들의 뒷좌석에 얹혀 가기도 했다. 차들이 우리를 쉽게 태워줬던 건 아니었다. 손을 들어도 비웃는 듯 쌩하고 지나쳐 갈 때마다 내 마음에서 뭔가가 올라오기도 하고 빠져나가기도 했다.

아무것도 하지 않으면 아무 일도 일어나지 않겠지만 그건 내 방식이 아니다. 처음에는 창피하기도 했지만 어차피 그들이 지나쳐버리고 간 길 위에는 나만 남는데 내가 나에게 창피할 필요는 없지. 다음번에 성공할 수도 있으니까. 단지 나의 시간이 오지 않았을 뿐이라고 생각했다.

집에 와서 히치하이크 이야기를 들려줬더니 가족들 눈이 휘둥그레졌다. 봉고차를 탄 인신매매범들이 전국 방방곡곡을 돌며 연일 세간을 발칵 뒤집어 놓은 세상에 간이 배 밖으로 나온 짓이라며 나무랐다. 뉴스는 안 보고 경치만 보고 다녔더니 세상 한쪽 구석에서는 그리 시끄러웠나 보다. 까딱 잘못했다간 무인도로 팔려가서 새우 등 껍데기를 깔 뻔했다. 어쩌면 세상천지가 어떻게 돌아가는지도 모르니 수녀원을 가겠다고 한 게 아니었을까? 아직 사우디아라비아에서 돌아와 현지 적응이 안 된 건지, 우리에게는 여전히 자랑스러운 대한민국이고 착하고 인정 많고 친절한 우리나라 사람뿐이었는데 말이다.

지나고 나서 생각해 보면 여행은 우리가 내일 어디로 갈지, 다음 목적지에 다다르기까지 매 순간을 선택하고 결정하는 여정이었다. 선택하고 결정하는 일은 여전히 어려운 일이지만 적어도 결정하고 나면 그다음에 일어나는 일에 대해서는 함구하고 받아들이는 것. 그걸 배웠다.

가 보고 싶은 곳과 해 보고 싶은 것, 그리고 연애 한 번을 단기 코스로 끝내고 나서 마리진은 수녀원으로 가고, 나는 한 사람의 아내가 되었다. 아무래도 수녀원은 가고 싶다고 아무나 갈 수 있는 곳이 아니라 선택받은 사람만 가는 곳이 분명하다.

성이시돌목장은 내 인생의 성지다. 결혼 기념일이나 가족 여행, 친구들과 올 때도 이곳에 들르게 된다. 마치 인생 이정표처럼 말이다. 그때 만약 수녀가 되었더라면 어떻게 살고 있을까? 지금 나는 안녕한가?

사랑

내가 아픈 것보다 아픈 사람을 도와줄
수 있는 게 얼마나 다행인 일이니? 나
는 네게 부끄럽지 않은 엄마의 삶을 보
여주고 싶단다.

태교

직장 생활 6년 뒤, 결혼하고 임신을 하게 되었다. 야간 근무를 하고 아침에 들어와 잠을 청하면 오후 두세 시 정도에 잠이 깼다. 결혼하기 전에는 하루 종일, 아니, 1박 2일 동안 잘 수도 있었는데 배가 불러오니 이젠 그렇게 깊게 잠들지는 못했다. 점심도 아니고 저녁도 아닌 밥을 챙겨 먹거나 또 잠을 잤다. 잠이 오지 않아도 밤에 깨어 있을 걸 생각하면서 억지로 더 잠을 청해야했다. 계속 눈 감고 있는 것과 자는 건 달랐다. 자는 둥 마는 둥 하다가 자리에서 일어나면 눈꺼풀이 온돌 몇 장 올려놓은 듯 뜨뜻하고 묵직했다. 야간 근무 첫날은 그럭저럭 넘어가지만, 이틀째부터는 체력전이다. 잠도 자는 둥 마는 둥 하고 또 출근한다. 눈은 떠 있지만, 집중력은 떨어지고 정맥 주사도 실패율이 높다.

밤 근무 하고 돌아와 잠만 잘 수 있을까? 시부모님은 본인들한테는 신경 쓰지 말라고 하는데, 같이 사는 시부모님이 정말 신경이 안 쓰일까? 충분한 수면을 취하고 잘 쉬고 잘 먹고, 산모는 그러라고 하는데 과연 그런 사람이 있기는 있을까? 현실은 딴판이었다. 연년생인 둘째를 임신했을 때부터는 살림도 살아야 했고 첫째 아이 유치원도 보내야 했다. 아이를 위해 시부모님과 함께 살면서 의지도 되고 도움도 받았지만 나는 퇴근한 것 같지 않았다. 결혼 하지 않은 동료들은 퇴근을 기다리며 화장을 고치고, 뭔가 기대하는 저녁이 있는데 나는 그들과 헤어져 집 안에만 들어서면 숨이 막혔다.

출근할 때, 뒷산 중턱에 병원이 있었다. 산 비탈길로 가로질러 가면 5분만에 닿는 거리다. 45도는 충분히 되어 보이는 경사였다. 그 산길로 숨 가쁘게 다녔다. 조금만 오르다 보면 어느새 숨이 차오르고는 했다. 출근길도 숨이 찼고 사는 것도 숨이 찼다. 그즈음 나는 이유도 없이 불쑥불쑥 울고 싶었다. 어디 가서 실컷 한번 울고 싶은데, 이 넓은 세상에서 내가 울 데가 없었다. 그게 서러워서 더 울고 싶었다. 지금 생각하면 그때 나는 산전 우울증을 겪고 있었던 것 같다.

사람들은 임신했다고 하면 태교를 잘하라는 게 다반적인 인사다. 나의 태교 환경은 그리 좋은 편은 아니었다. 만나는 사람이라고는 종일 얼굴 찌푸린 사람, 숨은 쉬고 심장은 뛰는데 침대에 누워만 있는 무의식 환자, 피 흘리는 교통사고 환자, 숨 한 번 쉬고 기침 한 번 하고 하루에 휴지 한 통 다 쓰는 환자, 창자라도 딸려 올라올 것같이 구역질하는 환자, 목소리 크면 이기는 줄 알고 소리 지르는 환자, 약물 부작용으로 온몸의 인설이 다 떨어져나오는 환자들이었다. 거즈 위로 묻어 나오는 진물. 수술 끝나고 나오는 금식 환자의 마취 가스 냄새에 합해진 특유의 입냄새도 있었다. 사람들은 간호사는 구역질하는 걸 보아도 아무렇지 않은 줄 안다. 사실은 그게 아닌데 말이다.

참담한 태교 환경 앞에서 사고의 전환이 필요했다. 전쟁 통에도 아이는 태어났고, 그 아이들 가운데에도 훌륭한 사람은 있었다. 전쟁 통의 그 어머니들에게 존경을 표하며 나는 배 속 아이에게 평온함을 주지 못하는 대신 엄마가 얼마나 자랑스러운 사람인지를 들려주었다.

'엄마는 간호사라서 아픈 사람들, 고통받는 사람들을 도와주는 거다. 환자들이 소리 지르는 건 나 좀 봐달라고 하는 어른들의 말이야! 엄마는 아무나 하지 못하는 일들을 해내지. 저 사람들이 엄마에게 하는 말 들었지? 고맙다고 하잖아! 이런 게 사는 거야! 내가 아픈 것보다 아픈 사람을 도와줄 수 있는 게 얼마나 다행인 일이니? 나는 네게 부끄럽지 않은 엄마의 삶을 보여주고 싶단다.'

마음 속으로 되뇌이며 속삭였다. 이것이 나의 태교 방식이었다. 세상에 지지 않으려는 태교였고 치열하게 살아내기 위한 태교였다. 지금 생각해 보니 그때는 삶이 아니라 생존이었다.

아이들이 태어나고 자라서 학교에 갔다. 글을 배우자 선생님이 물었다. 앞으로 어떤 사람이 되고 싶니? 첫째 아이가 도화지에 커다랗게 간호사가 머리에 쓰는 캡을 그린다. "엄마처럼 간호사가 될 꺼야." 이렇게 대답했다. 그 말은 고맙기도 하고 아프기도 한 말이었다. 딸아, 이 엄마가 보여 줄 수 있는 게 그거밖에 없었구나!

이렇게 돈 벌어서 뭐 하지?

얼마 전에 딸들이 다닌 초등학교 앞을 지나게 되었다. 학교 앞 전 구간은 속도 제한이 있어서 도로의 차들은 정체된 채 천천히 움직이고 있었다. 이 길은 온 가족이 통학 전쟁, 출근 전쟁을 치른 길이라 지나간 세월이 한꺼번에 밀려왔다. 바로 집 앞에 있는 학교는 저학년 급식을 하지 않았다. 결국 집에 와서 점심을 먹어야 했는데 맞벌이 부부라 곤란했다. 몇 달이나 골머리를 앓다가 사립 학교에 입학 신청서를 냈다. 그곳은 초등학교 1학년부터 급식이 제공되었다.

그것으로 되었다. 아이들 밥은 안 굶겠구나 하는 생각으로 그 외의 다른 것은 감수하기로 했다. 유치원 때 가지고 간 돈만큼을 계속 수업료로 내면 될 정도라고 생각했다. 직장 때문에 아이에게 부족한 인성 교육과 돌봄은 가톨릭 재단에서 운영하는 깐깐한 수녀님이 대신 해 줄 것이라는 막연한 믿음에 의지하고 있었다.

시간이 지나면서 들어가는 돈을 보니 우리가 초등학교를 보낸 것이 아니라 대학교를 보낸 것 같았다.

직장 생활하며, 아이 셋을 키우며, 학교 보내고 유치원 보내며, 매일매일이 드라마틱했다. 이 교문을 딸 둘이 졸업할 때까지 7년 동안 다니느라 참 애도 많이 썼다. 아이들 통학 버스를 놓치면 자가용을 타고 다음 지점에 가서 합류시켜 보내기도 하고, 정신이 없었다. 하루하루가 벅찼는데 세월이 벌써 20년이나 혹 지나가 있었다. 몸이 고생한 건 더 진한 기억 속에 저장된 것 같다. 차창 밖의 거리 지나가듯 내 과거도 한 가닥씩 빠져 나와 어느새 지나가고 있었다.

한번은 아이들 참관 수업에 간 적이 있었다. 엄마들은 교실 뒤편에 쭈욱 둘러서서 한 시간 내내 수업을 지켜본다. 선생님도 엄마들도 그 상황이 참 부담스럽다. 아이들은 들뜬 표정으로 쉼 없이 뒤돌아보며 엄마를 확인한다. 발표 한 번 하고 또 뒤돌아보면 엄마가 엄지를 척 내밀며 최고라는 신호를 보내준다. 그제야 으쓱해진 아이는 씨익 웃으며 고개를 앞으로 돌렸다. 선생님은 반 아이들이 한 사람이라도 빠지지 않고 모두가 발표할 수 있도록 신경을 쓰는 듯했다. 세상에 그게 뭐라고! 엄마들은 반 아이들 속의 내 아이를 보게 되고, 내 아이는 엄마들 가운데서 자기 엄마를 보는 것 같았다. 이게 참관 수업의 분위기였다. 학기가 끝날 때쯤엔 매번 이런 참관 수업이 있었다.

나는 매번 참관하기는 어려웠다. 못 간 적이 더 많았던 것 같다.

하지만 이렇게 와서 보니 만약 내 아이가 뒤를 돌아다 봤는데 다른 아이들 엄마는 다 와 있는데 혹시라도 우리 엄마 있나 없나 두리번거리며 찾았을 것을 생각하니 너무 미안했다. 와 보기 전에는 몰랐다. 그저 참관 수업에 못 간 날 저녁에 이렇게 묻는 게 고작이었다. "오늘 학교에 엄마들 많이 왔더나?" 그때는 몰랐다. 무엇보다도 먼저 진심으로 우리 아이한테 미안하다고 말했어야 했다. 무엇보다도 꼭 갔어야 했다.

　참관 수업하기 전, 알림장과 함께 부모님 참석 여부를 물어왔다. 참석란에 동그라미 표시하기 전에 직장에서 나갈 수 있는지 상황을 봐야 했다. 아이들이 어릴 때는 직장에서 내 연차도 어렸다. 아이 때문에 연차 휴가를 들어가겠다는 말은 차마 꺼내기도 어려웠다. 아이 때문이라고 하면 공과 사를 구분해야지, 하는 잔소리를 들어야 했다. 아이가 셋이라는 건 그 자체로 분만 휴가를 60일씩 3번이나 쓴 염치없는 직원이라는 뜻이었기에 아무도 주지 않은 눈치를 스스로 받으면서 포기했다. 며칠을 그렇게 입 안까지 담고 있다가 그냥 돌아올 때는 몸살이 난 것처럼 몸이 아팠다.

　그때 직속 팀장이 결혼만 했더라면 말하기가 좀 수월했을 것이다. 그때 아이가 하나였더라면 말하기가 더 쉬웠을 것이다. 내 직장 상사 중 한 사람이라도 기혼자가 있었더라면 난 좀 그 장벽을 쉽게 넘을 수도 있었을 것이다. 내가 제일 듣기 싫었던 말은 "아이는 셋이나 낳아 가지고 감당도 못 한다." 였다. 이런 말을 듣게 될까 봐 항상 조심스러웠고, 열 번은 참았다가 말했고, 완벽해지려 애썼다. 지나고 나니 사실 내게는 욕 얻어먹을 용기가 필요했는데 그걸 어리석게도 자존심이라고 생각했던 것 같다

둘째 딸아이가 초등학교 2학년 때 현장 학습을 다녀오는 날이었다. 하굣길에는 통학 버스가 운행되지 않아 부모들이 데리러 가야 했다. 세상에 우리 부부는 직장에 가느라 그 사실을 깜빡해 버린 것이다. 아이는 학교 앞에서 내려 다른 아이들처럼 엄마랑 아빠가 자가용을 가지고 데리러 오기를 기다렸다. 모두가 다 떠나갈 때까지 혼자 가방을 둘러멘 채, 이 길로 오려나? 저 길로 오려나? 쉴 새 없이 고개를 돌려가며 도로의 끝을 바라보며 엄마, 아빠를 기다렸을 것이다. 그 장면을 생각하면 아직도 가슴이 먹먹하다.

조그만 아이가 자기 키만 한 가방을 메고 교문 앞에서 한 시간이 다 되어가도록 혼자 서 있었다. 마침 주변에서 가게를 하던 아줌마한테서 전화가 걸려왔다. 아이가 교문에서 한 시간도 넘게 기다리고 있는 것 같다. 자기 집에 데리고 가서 기다리게 해도 되겠냐며 주소를 알려주었다. 가슴이 쿵 내려앉았다. 심장이 빨리 뛰기 시작했다. 눈물을 찔찔 흘리고 있을지도 모를 딸아이가 떠올랐다. 아! 그렇게 엄마 아빠를 기다리는 동안 무슨 생각을 하고 있었을까? 아니, 말을 안 해도 알 것 같은 딸아이의 마음이 느껴졌다. 급하게 택시를 타고 가는데 내 모습이 차창에 어른거린다. 참 못났다! 복잡한 마음이 차창에 비친 나에게 묻는다. '너는 이

렇게 돈 벌어서 어디다 쓸래? 아이들 이렇게 울리며 번 돈 어디다 쓸래?' 택시가 도착할 때까지 무한 반복되는, 내가 내게 했던 뼈아픈 질문이다.

아이를 데려간 그 집은 숯불 갈비집을 하고 있는 식당이었다. 배고프다고 해서 고기 한 판 구워 밥을 먹이고 있는 중이라고 했다. 아이는 엄마보다도 그 고기가 더 맛있었는지 인사를 하는 둥 마는 둥 한다. 너무 고마웠다. "우리 딸 배고팠구나!" 하며 아이 얼굴을 살핀다. 아이는 해맑은 얼굴로 씨익 웃으며 "응, 엄마! 배고팠는데 아줌마가 고기 줬어. 고기 맛있어!"라고 한다. 딸아이의 손을 잡고 오면서 제발 그 숯불 고기가 엄마를 기다렸던 시간까지도 덮어줬으면 하고 바랐다. 그 이후로 우리 가족에게 고기는 항상 진리였다.

서울대를 못 간 이유

올해 조카가 서울대를 들어갔다. 명절에 식구들이 다 모인 자리에서 본인의 우성 유전자 덕분이라며 남동생은 일타쌍피를 가져갔다. 다만 본인은 고등학교 2학년 때 머리만 다치지 않았어도 서울대를 갈 수 있었던 사람이라며 큰소리를 쳤다. 내가 생각해도 영 틀린 말은 아니다.

동생이 마치 서울대 들어간 것처럼 서울대를 못 간 비하인드 스토리를 늘어놓는다. 이야기는 고등학교 2학년 여름방학 시작하자마자 엄마 몰래 외사촌 형에게 텐트를 빌리면서 시작되었다. 사는 동네가 바다와 너무 멀리 떨어진 곳이라 하는 수 없이 성산면 골짜기에 있는 계곡으로 갔다. 친구랑 도착하자마자 반나절 동안 계곡 물줄기를 막아 댐을 만들었다. 계곡 아래로 흘러가던 물이 배꼽까지 올라와 풍덩 뛰어들 때 그 성취감이란, 안 해본 사람은 죽어도 모를 것이다. 역시 야외에서는 라면과 삼겹살이지.

싸갔던 모든 것을 다 해치우고 밤늦도록 세상을 평정했다.

정의로운 사회 구현을 위해 선생님과 학교를 평정하고 나아가 이 나라의 불운한 정치와 경제, 교육계를 평정하며 독립투사가 된 채 잠이 들었다. 비몽사몽 간에 계곡의 물 소리와 사람 소리가 사부작사부작 들리긴 했어도 지나가는 캠핑족이겠거니 생각하며 굴하지 않고 실컷 잤다.

아침이 되어 눈을 떴다. 내 눈 바로 위로 하늘이 뻥 뚫려있었다. 정확히 3초 후에 '어, 이상하다. 왜 하늘이 보이지?' 라는 생각이 들더군. 벌떡 일어나서 보니 하늘을 가리고 있어야 할 텐트 천장은 보이지 않고 우리 몸만 달랑 돗자리 위에 누워 있었다. 우와, 이게 말이 되나! 우리가 자는 통에 어떤 놈이 우리 텐트를 모기장 걷어 내듯 홀라당 벗겨서 가 버린 것이다. 형님 텐트를 물어 주게 생겼으니 순간 앞이 캄캄해졌다. 범인이 잡히기만 하면 반쯤 죽일듯한 기세로 텐트를 찾아 나섰다. 그 계곡 일대에 얼룩덜룩한 텐트들이 군데군데 진을 치고 있었다. 우리 텐트랑 같은 색을 뒤집어쓴 놈을 찾아서 하이에나처럼 두 눈에 쌍심지를 빡 켜고 올라갔다 내려갔다 반복하며 계곡 전체를 샅샅이 수색했다.

그러다 다리에 힘도 풀리고 몸보다 마음이 앞서가다 그만 미끄러져 뒤로 나자빠졌다. 눈물이 핑 돌았다. 아파서도 그랬고 속상해서도 눈물이 나왔다. 계속 머리통이 욱씬욱씬거리며 아프기는 했지만 피는 묻어나오지 않았다. 저녁에 집에 와서 뒤통수를 만져보니 달걀만 한 물풍선이 떡하니 붙어 있었다. 밤에 자다가 까

닥 잘못하면 터질 것 같더라. 텐트 때문에 아프다는 얘기도 못 하다가 슬슬 걱정되었다. 뒤늦게 엄마한테 무심한 듯 실토를 했다 "엄마, 나 축구 하다 맞았는데 혹 생겼어. 자꾸 커지는 것 같아!" 그러고는 바로 택시 대절해서 창녕 병원 응급실로 직행했지. 아무래도 그날 다친 이후부터 내 기억이 아직 못 돌아온 것 같다! 그때 다치지만 않았어도 서울대는 충분히 갈 수 있었다며 너스레를 떤다.

사실 나 역시도 고등학교 3학년 때 연탄가스만 안 마셨어도 서울대에 갈 수 있었다. 연탄가스 마시기 전까지는 늘 상위권이었지. 동생아! 말이 나온 김에 이 누나가 처음으로 네게 인생 고백할 게 하나 있다. 네 나이 몇 살 때인지 정확하지 않으나 네가 내 등에 업혀 있었고 두 살 터울이니 너는 네 살, 나는 여섯 살 정도 되었겠다. 널 포대기에 업고 개울가의 징검다리를 건너려고 폴짝 뛰었는데 다음 칸에 발을 딛자 갑자기 내 등이 좀 시원해진 거야. 조금 이상했지. 본능적으로 포대기를 받치고 있던 내 손이 네 따뜻한 체온을 기억해 내더구나. 어, 내 동생! 어디 갔지? 급하게 둘러봤다. 내 뒤엔 방금 내가 건너온 징검다리 돌만 있을 뿐 아무도 없었지. 아래를 보니 물속에서 네 형체가 어른거리더라. 개울물에 풍덩 뛰어내려 얼른 끄집어 안았지.

어떻게 해야 할지 너무 당황스러웠다. 우리가 아플 때는 엄마가 등을 쓰다듬어 주던 게 생각나더라. 나도 네 등을 엄마보다 더 세게 문지르고 두드리고 때렸다. 또 내 손은 약손 하면서 배를 쓱 쓱 하던 것도 기억해 냈다. 그래서 나도 그랬다. 배하고 등하고 다 문질러 주었다. 한참 뒤에 네가 아프다고 막 우는 것 같았다. 너무 세게 때려서 그런 것 같았다. 그때부터는 살살 쓰다듬어 주었지.

그 이후의 기억은 나지 않지만, 엄마한테 말하지 않았던 건 분명히 기억한다. 그날 이후 나는 자라면서도 네가 기억하고 있는지 없는지 가끔 유도 질문을 해 봤다. 다행히 너는 기억을 못 하는 것 같더라. 나만 말하지 않으면 아무도 모를 것 같아서 앞으로 네게 잘해주며 살아야겠다고 생각했다. 아마 내가 널 개울물에 빠뜨리지만 않았어도 넌 정말 서울대에 갈 수 있었을지도 몰라!

이 말을 조용히 듣고 계시던 엄마가 "우리 아들은 서울대 가고도 남았을 것인데!" 하며 기억을 풀어놓으신다.

너는 살면서 죽을 고비도 여러 번 넘겼다. 돌도 안 지났을 때다. 엄마, 아버지는 날만 새면 들에 일하러 갔다가 끼니 때나 되어서야 들어오지 너를 돌볼 틈이 없었다. 어릴 땐 고모들이 너를 업어 키웠다. 아궁이에 불 때서 소여물이라도 끓이라고 하면 그거 하기 싫어 업고 나갔고, 놀러 갈 때도 널 구실 삼아 업고 나갔다. 보는 사람마다 등 뒤에 있는 너를 잘생겼다고 참 이뻐했다. 고모들도 그 소리가 듣기 좋았는지 네 누나는 잘 안 업어줘도 너는 서로 업고 나가려고 했다.

그날도 엄마는 들에 갔다가 집에 와서 네 젖부터 물리는데 영 물지를 않고 몸은 불덩이 같더라. 이러다 어떻게 잘못될까 봐 겁이 덜컥 났다. 조용히 고모를 불러냈지. 오늘 뭔 일 있었냐고. 고모는 아니, 아무 일 없었는데, 하고는 쌩하니 문을 탁 닫고 들어가 버리더라. 괜히 말이 길어졌다가는 시어머니가 자기 딸 공도 모르고 의심한다고 할까 봐 눈치가 보였다. 물을 떠 와서 너를 닦였다. 그때 코 안에 진흙이 묻어 나오더라. 이런 게 왜 들어가 있었지? 그러고 보니 머리카락도 흙으로 떡이 되어 있었다. 아무래도 고모가 의심스러웠지만 아이가 아이를 보았으니 누구를 탓할 수도 없었다. 너희 아버지하고 둘이서 뜬눈으로 밤을 샜다.

이른 새벽에 사랑채에서 시아버지 기침하는 소리가 났다. 얼른 문안 인사하고 네가 아무래도 이상하다며 울먹였다. 두 분이 화들짝 놀라며 아이를 눕혀놓고 바늘을 찾아와 여기저기 따기 시작했다. 바늘을 찌르는데도 찌를 때 그때만 모기만 한 소리로 울다가 이내 그치더구나. 조금 기다려 보자고 해서 아랫목에 눕혀 놓고 또 한나절을 기다려 보았다. 소용이 없더구나. 간간이 네 눈만 껌뻑 껌뻑할 뿐 울지도 않고 움직이지도 않더구나. 마침 놀러 왔던 동네 어르신이 다 죽어가는 사람도 살렸다는 침쟁이한테 찾아가 보라고 알려줬다.

해는 다 저물어가고 막차도 끊긴 듯하여 급한 마음으로 너를 업고서 무작정 찾아 나섰다. 걷고 걸어서 너를 업고 가는데 네가 자꾸만 내 등에서 옆으로 미끄러지더라. 등 뒤에서 보이지는 않고 딱 붙어 있지 않으면 불안해서 몇 번이고 치받으며 너를 당겨 내 가슴에 묶었다. 땅에 발을 딛고 걷는지 발을 떼고 걷는지도 모르겠더라. 그날 밤은 정말 칠흑같이 깜깜했다.

간신히 묻고 물어 용하다던 그 집을 찾아냈다. 머리에 비녀를 꽂은 그 할마시가 옷을 벗기더니만 손가락만 한 침을 꺼내어 또 머리부터 발끝까지 열두 군데도 넘게 땄다. 네가 깨어나길 얼마나 기다렸는지 일 분 일 초가 너무 길게 느껴졌다. 네 얼굴도 전에 보던 얼굴색이 아니었다. 핏기 하나 없어 보였다. 그 침쟁이는 "웬만해서 돌아올 아이 같으면 다 돌아오는데 아무래도 안 돌아올란갑다." 하면서 말꼬리를 흐렸다. 어쩌겠다는 말인지 귀에 들어오지 않았다. 할 만큼 했는데 원래 아이가 갖고 태어난 명줄이 이것밖에 안 되는 것 같다고 자꾸 주절주절하더라. 설마설마하는데 그 말을 들으니 다리에 힘이 풀리더구나. 그 집에서 눈을 붙이는 둥 마는 둥 하고 거의 죽은 너를 등에 업고 이루 말할 수 없는 심정으로 집으로 돌아오는 버스를 탔다. 버스가 덜컹거릴 때 네 고개가 축 늘어져서 흔들거렸다. 버스 안에 있던 사람들이 자꾸만 쳐다보았다. 맞은편에 앉은 중절모를 쓴 노인 하나가 하는 말이 "아이고, 젊은 사람이 어찌 아이를 이래 가지고 다니노! 빨리 병원 데리고 가야지. 어디를 다니노!" 하며 나무라더라. 그날 그때까지 우리는 병원이라고는 한 번도 안 가봤다. 병원 가볼 생각은 꿈에도 못해봤다.

허둥지둥 현풍에 있는 의원에 갔더니 늙은 의사가 너를 가만히 눕혀 놓고 청진기를 이리 대 보고 저리 대 보았다. 네 몸은 전신이 바늘에 찔린 흔적들로 시퍼러둥둥했다. 그 의사 양반이 가만

히 지켜보더니 아무 말도 안 하고 컵에다 물을 떠 와서는 숟가락
으로 네 입술에 한 방울 떨어뜨려 보고 또 떨어뜨려 보고, 딱 한
방울씩 떨어뜨려 보더라. 네 입술이 떨리는 것처럼 움직이는 것
같더라. 네 목젖이 힘겹게 받아넘기는 게 보이더라. 그 의사 양반
이 "아이고, 이 녀석 명줄도 길다. 이틀 동안 물 한 방울도 안 먹
고도 잘 버텨주었네."라고 하더구나. 거짓말같이 물 한 숟가락을
다 먹고 나니 네 몸이 꼼지락거리더라.

　"세상에 우리가 널 죽일 뻔했네. 굶겨서 죽일 뻔했구나. 기운이
없어 축 늘어져 있는 널 그것도 모르고 기절했다고 대침만 온몸
에 찔러댔으니." 지금 생각해도 참 미안하고 미안하구나. 그때
그 아들이 벌써 이렇게 커버렸구나. 누가 뭐라 해도 그때 그 일만
없었으면 너는 분명 서울대를 가고도 남았을 거다! 이 엄마가 장
담한다.

농사 이전

　　남동생이 도시 생활을 청산하고 시골로 돌아
왔다. 몇 번의 사업을 접었다 폈다 하다가 오십 넘어서 금의환향
이 아니라 빈손으로 기가 죽어 돌아온 놈이다. 아버지는 자식 농
사가 잘못되었구나! 하고 받아들이신 것 같았다. 큰아들이라 기
대도 컸고 한때는 잘나가서 모범 사원으로 해외 여행도 하고 왔
던 놈이라 더 속상하신 듯했다.

　무심코 던지는 아버지 말씀에서도 동생은 스트레스를 받았다.
그 일 자체를 나무라는 게 아니라 자신을 신뢰하지 않는다고 받
아들이고 있었다. 나 역시도 이 세상 사람 다 몰라도 가족이 알아
주고 가족에게 인정받으면 그것으로 충분했다. 반대로 가장 가까
운 가족에게 상처받으면 너무 섭섭하고 억울하고 오래갔다. 동생
도 아마 그 과정 수업을 받는 것 같았다.

　"아버지가 사사건건 간섭하신다. 내가 하는 모든 게 못마땅한

가 봐. 나도 아버지가 왜 그렇게 말씀하시는지 이해는 하지만 미치겠어." 동생이 술이라도 한잔한 날 밤에는 영락없이 아버지를 고발하는 전화가 걸려온다.

"새 직장이라고 생각해라. 아버지를 직장상사라고 생각해라. 일단은 예, 하고 대답하고 안 되면 그때 다시 얘기해 보거라. 아버지를 이기려고 하지 말고 설득을 해 보거라." 동생은 고등학생 때까지 부모님 곁에 있었고 대학생이 되면서부터 오십 될 때까지는 같이 살아온 게 아니어서 두 사람이 서로 맞추어 가기란 쉽지 않을 것 같았다. 시어머니가 며느리한테 곳간 열쇠 맡길 때처럼 우리 아버지가 그런 심정인가 보다.

매번 아버지와 큰아들 간에 오가던 잔잔한 시비의 중재 역할을 하던 엄마가 밭에 나가서 아버지랑 담판을 짓고 들어오셨다. "우리가 산다면 얼마나 살겠노. 우리 죽고 나면 다 저 아이들 건데 죽이 되든 밥이 되든 그냥 한번 지켜봅시다. 농사는 자기가 한 번 해봐야 알지 안 해 보고는 백날 가르쳐 줘도 모른다. 잘하려고 저러는데 우리가 알다시피 저 아들이 늦잠 한번 자기를 하나 꾀를 피우기를 하나. 그냥 한번 지켜봅시다. 소출이 작년보다 적었으면 느끼는 게 있겠지. 머리가 나쁜 아이도 아니고, 하다 보면 자꾸 요량이 생기겠지. 제발 아들 기 좀 살려줍시다. 밖에서 하다가 하다가 안 되서 부모 밑이라고 들어왔는데 제 심정이 어떻겠능교! 우리라도 기를 살려줘야지. 자꾸 잔소리하면 어디다 정을 붙이고 살겠능교. 저러다가 못 살겠다고 뛰쳐나가면 그땐 나도 저 아이 따라 집을 나가버릴테니 당신 혼자 실컷 잘살아 보시구료! 나도 이대로는 더는 못 살겠다!" 하시면서 폭탄 선언을 하셨다는 거다.

그 이후로 아버지는 밭에 나가지 않으셨다. 대신 오토바이를 타고 읍내에 있는 창녕 문화원으로 출퇴근을 시작하셨다. 동생은 엄마의 지원 사격을 받으며 더 일찍 일어났고 무엇을 하는지 종일 들에서 살다시피 매달렸다.

비가 오면 비가 온다고 걱정, 가뭄이 길면 가물어서 걱정, 날이 더우면 덥다고 걱정을 달고 살던 엄마다. 그런 엄마를 견뎌 내면서 동생이 제일 먼저 한 일은 기상 이변을 보장해 주는 보험 가입이었다. 엄마, 아버지가 과수나무 밑으로 고랑을 파서 관개수로의 물길을 당겨오던 것을 동생은 스프링클러를 만들어 버튼 하나만 돌리면 분수처럼 물을 뿜어내도록 바꾸어 놓았다.

엄마, 아버지는 본인들의 체급이나 체력보다 훨씬 고강도의 일을 해서, 그해 여름 과수 농사 후에 돈이 들어오면 다음 해 여름까지 병원비로 야금야금 빠져나갔다. 동생이 본격적으로 일을 맡은 다음부터는 엄마, 아버지께는 힘든 일은 손도 못 대게 해놓고는 읍내 인력 사무실에 가서 외국인 노동자를 태워 와서 일당을 주며 과일을 따냈다. 엄마는 그 돈 아까워 일꾼들 게으름 피울까 봐 잔소리하며 따라다녔다.

손을 놓친 과일은 맛이나 색상이나 크기 등 과일로 치면 최고인데 상품으로 치면 인기가 없었다. 동생은 자두즙도 만들어 내고 자두 피클이니 자두 효소단지도 만들어서 떡하니 전시시켜 놓고 어디서 또 보고 왔는지 건자두 신제품도 탄생시켰다. 과일을 딸 때 허리를 숙이거나 고개를 들어서 전신 운동을 해가며 작업을 했는데 이제는 더 이상 그러지 않아도 된다. 어느 날 밭에 갔더니 땅에 신문물이 공장 기계처럼 들어서 있었다. 이제는 우산 접어 놓은 것처럼 온 밭에 지지대가 서 있다. 가지가 위로 뻗어 나가게 해서 일조량도 늘리고 과일을 딸 때도 농부가 편하게 일할 수 있도록 효율성과 생산성을 높여놨다. 운반용 경운기도 사와서 삼발이 리어카로 실어 나르던 15kg 광주리를 이제 기계로 실어 나르게 되었다.

동생의 부지런함과 성실함은 작은 시골 동네에서 금방 소문이 났다. 더 이상 농사지을 사람은 없고 놀고 있던 과수원 밭을 팔지 못하는 주인들이 땅만 놀리지 않는다는 조건으로 넘겨주었다. 이제 자두, 복숭아, 살구, 매실, 대추, 단감 철에는 신나게 일한다. 올해는 마늘밭 3천 평까지 늘어났다.

"다른 사람들은 네 나이에 퇴직을 시작하는데 너도 이제 일을 줄이려고 생각해라. 몸하고 마음하고는 다른 법이다. 욕심내지 말고."라고 말하니, "누나야, 해 보니까 되더라. 그러니까 재미가 난다." 이게 동생의 답이었다

그렇지만 아직도 아버지는 통장을 넘겨주시지는 않았다. 동생은 농사 자금을 아버지한테 타 쓴다. 아버지, 비료 좀 사야겠습니다. 아버지, 저 기계는 영농 지원 200만 원을 공짜로 받고 내 돈은

100만 원만 내면 되는데 저게 있으면 고생 좀 덜할 것 같습니다. 뭐 이런 보고를 하면 아버지께서 결제를 해주신다. 이러면서 우리 집 분쟁은 수습되었고 조직은 안정을 되찾았다. 더구나 올해 들어 동생이 마을 이장까지 맡게 되었다. 그동안 아들로 인해 집을 나갔던 아버지의 자존심이 조금이라도 돌아왔으면 좋겠다.

마늘밭 비즈니스

일꾼 열 명이 마늘밭에 왔다. 한눈에 봐도 다들 칠십은 족히 넘은 분들이다. 사람의 힘만으로 이 넓은 마늘밭 농사를 짓는 거라면 엄두도 못 냈을 일이었다. 수확 철이 되어 트랙터 몇 번 지나다니고 나면 땅밑에 자리 잡고 있던 마늘이 송두리째 뽑혀 올라왔다. 마늘 농사는 사람이 짓는 게 아니라 기계가 다 한다는 말을 할 정도다. 단, 사람에게는 쉬운데 기계가 못 하는 일이 있었으니 마늘 줄기를 잘라 마늘만 망에다 담아 두는 일이다. 그게 오늘 일꾼들의 일이었다.

면사무소 옆에 있는 인력 사무실에 가서 미리 전화로 신청한 인원 수만큼 주인이 차로 데려왔다. 우리 집은 창녕 시골인데도 대구에서 왔다고 한다. 겨울 언 땅이 풀리고 농번기가 시작되면 일꾼들은 양파밭, 고추 비닐하우스, 복숭아밭, 자두밭으로 불려 다녔다. 제일 일당이 센 곳은 비닐하우스다. 비닐하우스 안은 너무 덥고 땀이 비 오듯이 흐르고 숨이 막힌다. 점심 시간 말고도 휴식 시간도 따로 주어야 하고 근무 시간도 한 시간은 짧았다. 힘든 만큼 보상도 더 큰 셈이었다.

그다음은 마늘이나 양파 작업인데 그 작업장은 비닐하우스 정도는 아니지만, 그늘이 없고 뙤약볕을 정수리 끝에서부터 내리받아야 하는 힘든 곳이다. 상대적으로 돈은 적더라도 제일 수월한 곳은 자두밭이나 복숭아밭이다. 나무 그늘도 있고 갈증이 나면 과일 한두 개쯤 따먹어도 문제 될 건 없다. 특히 올해는 예년과는 달리 코로나 때문에 외국인 근로자들의 입국이 원활하지 않아 시골에서는 작년에 이어 일손 부족이 심각한 지경이었다. 일꾼들은 아무리 계약 관계라고 해도 사회의 시선으로 보면 노약자에 속하는데, 좀 불편했다. 올케는 열다섯 명을 신청했지만 열 명이라도 와서 일손을 덜게 된 것만으로도 다행이라며 아이스박스에 수박을 꽉꽉 채워 넣었다.

주말이 되어 나도 한몫 거들 요량으로 마늘밭에 가서 앉았다. 하필이면 검은 바지라, 햇볕은 검은색을 통과해서 나의 허벅지를 프라이팬처럼 달구었다. 얼음물을 마셔도 땀으로 증발해 버리고 화장실 가고 싶은 생각까지도 말려버렸다. 논두렁에 세워 둔 차에 무심코 손을 대었다가 화상을 입을 뻔했다. 다음에는 정말 차 보닛 위에서도 달걀 프라이가 되는지 꼭 한번 해 봐야겠다.

일을 시작한 지 두어 시간쯤 지났으려나, 밭고랑에 울려 퍼지는 누군가의 전화벨 소리에 모두의 관심이 쏠렸다. 할머니 한 분이 바쁘게 흙먼지를 털어내고 휴대폰을 꺼내 통화를 시작했는데 목소리가 하도 커서 생방송으로 중계되었다.

"아이고! 우리 손녀구나! 할머니? 할머니는 일하러 왔지 뭐." 하시며 반갑게 전화를 받으셨다. 전화를 끊고 5분도 채 안 되어서 하시는 말씀. "아이고! 내가 등신이다. 그냥 할머니 놀러 왔다 할 것을 뭐 하려고 일하러 왔다 했을꼬! 아이들 걱정 늘어지게." 애석해한다. 그 한마디가 내게 긴 여운을 남겼다. 할머니 옆으로 가서 "고생이 많으시네요." 하며 생수 한 잔을 건넨다. 소녀같이 웃으며 "고생은 해도 우리 같은 사람 쓸모 있다고 불러주니 고맙지요."라며 "젊은 사람들이야 편하고 좋은 데서 일하려고 하지, 이런 일 하려고 달려들겠나! 이런 일은 힘들기는 하지만 우리 같은 늙은이들이나 하지." 하신다. 순간 아찔했다. 그 한마디 말이 일하는 내내 머리를 맴돌았다. 청년 실업률을 외치고 있는 세상의 한쪽 구석에서는 더디게 가는 시계가 있는 것 같았다.

오랜만에 하는 밭일이 익숙하지는 않으나 딴에는 젊은 측에 속해서 그런지 반복되는 작업을 하다 보니 가속도가 붙어서 어느새 앞자리를 차지하고 있었다. 몸이 예전 나의 전투력을 기억하고 있는 듯했다. 한참을 집중하고 있을 때 남동생이 조용히 나를 불러낸다. 그러고는 대열의 끝자락에서 벅차게 따라오고 있는 할머니랑 자리를 바꾸라는 것이다. 그분은 일행 중에서 제일 연로하신 분이었다. 등이 구부정하다. 종일 허리 굽혀 일하신다는 게 신경이 쓰인다. 우리가 마치 노동력 착취를 하는 못된 주인 같은 죄책감이 슬며시 들었다. 줄을 바꿔 앞줄에 앉아있는 것도 잠시, 금방 뒤처지고 말았다. 일은 해도 해도 끝이 안 보이고 밭고랑은 길기만 하다. 나는 혹시라도 동생이 그 할머니한테 무슨 소리라도 할까 봐 "동생아, 저 할머니 연세에는 저게 정상이다." 하며 말문을 걸어 잠갔다.

그렇게 마늘밭에 일하시는 분들은 각자의 한계에 도전하는 것처럼 마늘대를 잘라서 망에 담고 있었다. 쉬고 싶어도 그늘 하나 없는 마늘밭에서는 태양을 피할 곳도 없다. 가끔 불어오는 바람 한 줄기가 온몸을 통과해서 지나간다. 그렇게 시원할 수가 없었다. 에어컨 바람이 시원하다 한들 이보다 더 시원하겠는가!

유월의 태양은 언제 저무는지 까딱도 하지 않는데 밭고랑에 또 한 번의 휴대폰이 울린다. 모두 시선이 소리를 따라 뒤돌아 본다. 갑자기 제일 뒷자리를 연연하던 그 할머니가 꼼지락꼼지락하며 비닐에 감아둔 휴대폰을 찾아낸다. 그리고 거인처럼 허리를 펴며 하시는 말씀. "4시다!" 무슨 뜻이지? 하는 순간 그 할머니가 오늘 한 번도 본 적 없는 환한 표정을 드러내며 "퇴근 시간이다."라고 하셨다. 그 상황이 너무 당혹스러웠지만 아! 나는 이해할 수 있었다. 우리가 직장에서 그렇게 기다리던 퇴근 시간이 할머니한테도 찾아온 것이다.

"아, 모두 수고하셨습니다. 모두 그대로 두고 일어들 나세요. 뒷마무리는 저희가 하면 됩니다." 하며 일꾼들을 얼른 밭에서 몰아냈다. 그들이 흘려놓은 나머지 일들을 주워 담으면서 자꾸만 웃음이 났다. 이건 주인과 소작농과의 관계가 아니라 동등한 계약관계이자 비즈니스라는 게 확실하구나, 하는 생각이 들었다. 적어도 내일은 오늘보다 덜 미안해도 될 것 같다.

호박 이야기

　　작년에는 별 기대하지 않았던 엄마의 호박 농사가 대박을 쳤다. 온 집안에 누런 호박이 굴러다녔다. 주고 싶은 대로 다 주고 온 가족이 먹을 만큼 남겨 놓고 보니 큰 호박은 인기가 있었지만, 성장 경쟁에서 순위를 뺏긴 어중간한 호박은 선택을 받지 못했다. 남겨진 호박덩이가 골칫덩이가 되었다. 엄마의 눈에 보이지 않아야 했다. 보이는 동안에 엄마의 머릿속은 쉬지 않았다. 결국 5일장 날, 우리에게 호박즙을 내어 주고 나머지는 외사촌이 트럭을 몰고 와서 몽땅 산으로 이주시켰다.

　나보다 두 살 많은 외사촌 오빠는 호박을 썸벅썸벅 베어서 산 중턱 곳곳에 흩뿌려 놓는다. 온 산에 흩어져 있던 닭들이 삼삼오오 꼬꼬꼬 하며 모여든다. 꼬꼬꼬 하는 소리가 자신들만의 네트워크인지 순식간에 모여들었다. 닭장이 아니라 산에서 산다는 자부심이 생겼는지 요란들 떠는 소리가 장난이 아니다. 걸어올 때도 총총걸음이긴 하지만 자신만의 레이스를 도도하게 지킨다.

  아무튼 호박 앞으로 반겨 드는 닭들을 보니 호박의 설움을 아는 듯하여 눈물 나게 고마웠다. 드디어 이 호박들이 환영을 받는구나. 드디어 너희가 호박의 존재를 알아주는구나! 호박을 배불리 쪼아 먹은 닭들은 내일 새벽 해 뜰 무렵에 호박 달걀을 품고 있을 것이다. 지금쯤 그 산 언덕배기 어딘가에는 호박 군락지가 생겨나 있을지도 모를 일이다.

  호박은 엄마의 농사에 중심 종목이 아니라 부가 서비스에 해당한다. 땅을 크게 차지하는 것도 아니고 한 번 심어놓고 물만 주면 되는 일이라 손이 덜 갔다. 논두렁과 밭두렁에 펑퍼짐하고 둥그런 구덩이를 파내고 호박 품은 닭들이 돌려준 퇴비와 거름을 파묻고 제일 잘난 호박씨 두서너 개를 파묻으면 된다. 이틀 뒤에 가보면 떡잎이 생겨나고, 그 위로 한 잎 두 잎 새잎이 생기고 줄기가 자라기 시작한다. 붓기가 있는 사람은 호박 달인 물을 마시면 이뇨 작용이 활발해져서 붓기가 싹 내려간다고 했는데, 호박이 물만 먹고 자란 것과 상관이 있을 것 같다.

  호박 줄기의 성장은 여름이 끝날 때까지 무한 질주하고 꽃이 피기 시작하면 새벽에도 정신을 못 차린다. 천지 사방에서 호박 넝쿨이 숲을 이루어 그들만의 세상을 만들어 내고 밭 주인 행세를 한다. '호박꽃'은 상식으로 통용되는 이름값과 달리 그 상식을 넘어서는 여유 있는 아름다움이 있다. 자세히 보면 예쁘고 오래 보면 넉넉해 보인다. 호박 넝쿨에 숨겨진 채 몰래 꽃을 피웠다가 티끌만 한 호박덩이 하나 품고는 조금씩 꽃 꽁무니를 밀어내며 성장 가도에 오른다. 아무도 모르게 숨죽이며 자라온 아기 호박들이 느닷없이 자신의 존재가 노출되는 순간! 객지에서 훌쩍 자라 돌아온 자식을 보듯 엄마 얼굴이 활짝 펴진다. 몰래 자란 놈 중에는 먹기도 아깝고 따기도 아까운 애매한 놈들도 더러 있기 마련이다. 행여 맘 고약한 사람 눈에 뜨일까 봐 숲으로 위장 전술시켜 놓고는 혼자 그 성장을 지켜보는 은밀한 즐거움을 키우고는 하셨다.

여름 땡볕이 길어질수록 호박밭의 몰골은 말이 아니다. 시들시들 말라비틀어져 땅에 푹 꼬꾸라진 걸 보면 영락없이 죽었구나 싶다가도 웅덩이에 물 한 통 길어다 먹이고 나면 금세 생기가 올라와 고개를 든다.

"그 맛 때문이다. 자고 나서 눈만 뜨면 그것들이 궁금해서 밭에 나가본다. 내가 아프다고 하면 너희는 일하지 마라, 들에 가지 마라, 잔소리 좀 하지 마라. 속이 상해도 너네가 아버지 속을 썩이지, 저 들판에 있는 것들이 무슨 속을 썩이겠느냐!" 하시며 도로 나무라신다.

말은 못 하고 속이 상한 날은 어디 가서 풀 곳은 없고 밭에 간다. 밭고랑에 푹 주저앉아 누가 있나 없나 한번 둘러보고 아무도 없다 싶으면 내 혼자서 실컷 울고 돌아오신다고 한다. "팔자타령, 신세 한탄을 어디 가서 하겠냐! 이렇게라도 울고 나면 내가 좀 살 것 같더라." 아! 우리 엄마한테는 이 밭이 처방전이고 약이었구나! 엄마의 신세타령이 우리의 걱정을 풀 뽑아내듯 하신다.

호박 된장국을 먹는 횟수보다 호박의 개수가 훨씬 앞서기 시작하면 늘 엄마는 누구에게 주고 싶어서 몸살이 나셨다. 엄마의 농사는 한 번도 실패한 적이 없었다. 늘 풍요로웠다.

시래기는 알고 있다

　　　　마을 회관에서 시래깃국을 끓였다. 혼자 사는 할머니들이 기름값 아낀다고 집에는 보일러 꺼 놓고 마을 회관으로 출근하신다. 마을 회관에서 하루 끼니를 해결하고 뜨뜻하게 있다가 해가 지면 퇴근들 하셨다. 올 들어 가장 춥다고 하던 날, 칠십이 넘은 어린 부녀 회장이 시래기에 들깨 풀어 점심상을 준비했다. 그때 소내댁이 내가 이 시래기를 보니 목구멍에 넘어가지 않는다며 아들놈 험담을 시작했다.

　돼지가 병을 한다고 세상이 시끄러울 때 아들놈이 병들고 나면 돈도 못 받는다며 얼른 팔아버리자고 연락이 왔다. 얼떨결에 자식같이 키우던 다섯 놈을 팔고 빈 돼지우리만 보고 앉아 있으려니 할 일만 없어진 게 아니라 사는 재미도 없고 가슴이 텅 빈 것 같더라. 앞으로 냉이하고 쑥 캐기 전까지는 돈 나올 구멍도 없는데 살길이 막막하더라.

설 명절에 겨우 얼굴 비치던 아들놈이 내려와서 급하게 돈 쓸 데 있다며 돼지 판 돈 한 달만 빌려 달라고 했다. 썩 내키지는 않았지만 아들놈이 저러는데 내가 안 주면 도둑질을 하겠나 사채를 쓰겠나 반신반의하며 덜컥 줘 버렸다. 그런데 아들놈이 도둑놈이더라. 한 달이라 해놓고 한 달에 한 달을 거듭해도 안 오더군. 날씨가 추워지니 보일러 통에 기름이라도 채워 놔야 안 얼어 죽지 싶어서 돈 생각이 절로 났다. 아들놈한테 갖고 간 돈 도로 내놓으라고 말은 못 하고 혹시 제 놈 잘못되어 빚쟁이한테 시달리는 것보다 내가 참는 게 낫겠지 하면서 마음을 달래가며 기다렸다.

섣달 그믐날 밤에 아들이 자기 식구 태워서 흰 차를 몰고 왔다. 새 차 같더라. 아들이 밖에 나가 기죽지 않고 출세한 거 같아서 얼른 따뜻한 밥 해서 먹이고 방에 앉았다. 아들놈이 엉덩이를 슬쩍 들면 아이고 이제 주머니에서 돈 꺼내려나 보다 싶었고 주머니 근처에 손만 가면 이제 돈을 꺼내려나 보다 하고 기대를 했다. 문밖을 나가길래 며느리가 없는 데서 몰래 줄려나 보다 싶어 슬며시 따라 나갔는데 담배 한 대 피우고 그냥 쏙 들어가 버리더라. 에미로서 '돈 좀 다오.' 소리가 목구멍에 딱 붙어서 나오지를 않았다. 아들이 자기 집으로 간다고 일어섰다. 아, 가면서 주려나 보다 하고 또 기대를 했는데 그냥 쏙 나간다. 차에 시동을 켜고 창문을 내리더라. 아, 그럼 그렇지. 차 안에 돈을 둬서 이제 주고 가려나 보다 싶어 창문 가까이 갔다. 근데 그 망할 놈이 "갑니데이." 하면서 그 말 한마디만 하고 쌩하고 가버리더라. 내가 어찌나 서운하고 괘씸한지 몇 날 며칠 잠이 안 오더라.

이대로 있다가는 누구한테 말도 못 하고 생병이 올라오겠더라. 내 딴엔 밤새도록 생각한 끝에 큰맘 먹고 광에 걸어놓은 시래기를 싸 가지고 두 아들놈네한테 갔다. "야야 너거 이거 갖고 시래기 된장국 한번 끓여 먹거라." 하면서 내려 놓으니 "어머니, 우리는 그거 해먹을 사람이 없어요. 큰형님 좋아하실 것 같은데 큰형님네 댁에 갖다 드리세요." 하더란다. 풀어보지도 못한 시래기를 안고 큰아들놈한테로 갔다. "어머니, 저는 친정에서 갖다 놨어요. 작은 동서 갖다 주세요."라고 하더라.

빌어먹을 년들! 그걸 도로 안고 오는데 어찌나 서럽던지. 정류소에서 내려 터벅터벅 걸어오다가 그 보따리 속에 천대받은 그 시래기가 영락없는 내 꼴이더라. 바싹 말라비틀어져서 몸뚱이만 겨우 건사한 채 더는 죽을 힘도 없는 꼴이 영판 내 팔자더라. 산 밑에 저수지가 보이길래 그냥 풍덩 빠져 죽고 싶더라만 그러지도 못하고 거기다가 시래기만 힘껏 던져 버리고 울면서 걸어왔다. 아이고, 내가 미쳤지. 내가 미친년이지. 그러면서 말이다.

아버지의 농사직설

　　어릴 때 동네 사람들은 나를 과수원집 딸이라 불렀다. 우리 집은 주로 복숭아와 자두 농사를 지었기 때문이다. 복숭아밭은 동네 사람이 노름빚 때문에 급하게 내놓은 걸 시세보다 싼 값에 샀고 자두밭은 아버지와 작은외삼촌이 산을 개간한 거다. 한쪽은 작은외삼촌이 뽕나무를 심어 양잠을 하셨고 다른 한쪽은 아버지가 과실수를 심었는데, 그 산은 나라 땅이라 팔아먹지 못할뿐더러 물려주지도 못해서 약간의 세금을 내고 농사를 짓는 중이다.

　언젠가부터 우리 집 벽에는 작년 달력과 올해 달력이 나란히 걸려 있었다. 제사를 챙겨야 하는 엄마는 음력 날짜에 맞추어 날짜를 적어 두시고 아버지는 작년에 적어놓은 농사일을 가늠해서 올해 농사 계획을 세우셨다. 아버지의 농사 달력은 한 줄 메모가 한 줄 일기장 같기도 했고 수입과 지출이 적힌 가계부 같기도 했다. 작년 자두 시세도 일자별로 거기에 적혀 있었다. 어릴 때 우리 남매는 자기 생일을 찾아 빨간 동그라미를 크게 그려놓기 바빴고 직장을 다니고부터는 자두가 출하되는 시점을 보고 각자 여름휴가를 신청해서 일손을 도우러 모여들었다.

농사가 전부인 두 분은 일기예보를 중요시했다. 어릴 때는 일기예보 시간에 채널을 돌렸다가 혼이 나기도 했다. 차를 가진 사람들이 자기가 세차를 하면 비가 온다고들 하는데 우리 집은 엄마, 아버지가 농약만 치고 나면 비가 왔다. 오뉴월 농사철에 갑옷과 마스크로 중무장하고 나무 사이를 빠져 다니며 수고를 하셨지만 그러거나 말거나 막무가내 소낙비는 기껏 뿌려놓은 농약 위로 예고 없이 찾아와 확 다 씻어 가 버린다. 한나절의 고생이 종종 헛수고가 되기도 한다.

설령 몰려오는 태풍의 경로를 알았다 한들 어떻게 우리 밭만 피해갈 수 있었겠는가? 조개 패총만 있는 게 아니다. 태풍이나 장맛비 끝에 과수원에 나가 보면 그림처럼 떨어져 있는 과일 때문에 아연실색하고 만다. 달려 있는 것보다 떨어진 과일들이 더 많아 보인다. 어린 우리 남매에게는 신기한 구경거리였지만 엄마와 아버지에게는 낙과들의 무덤이었다.

일단 비가 쏟아지고 나면 단맛도 씻겨가 버리면서 네 맛도 내 맛도 없다. 땅에 떨어진 것은 금방이야 표시가 안 나지만 하룻밤만 지나면 숨겨둔 멍이 서서히 바깥으로 퍼져 올라왔다. 돌부리에 찍힌 것은 상품 가치도 없다. 행여 그 상태로 며칠을 두면 하루살이들의 잔치가 시작된다. 하루 고작 살다가 갈 목숨들이라 어차피 내일이면 없어질 건데 그대로 놔둬 보자고 했다가 엄마의 잔소리까지 날아왔다. 빨리 과수원 밖으로 실어내야 나무 위에 달려 있는 자두한테까지 달려들지 않는다고 했다.

그 낙과를 주워내는 일은 해마다 우리 남매가 도맡았다. 어릴 때는 동생이랑 팔에 근육이 뭉칠 때까지 누가 멀리까지 던져 버리는지 내기를 하곤 했는데 그 덕인지 남동생은 학교에 가서 멀리 던지기 선수로 뽑히기도 했다. 아무튼 일기예보는 엄마와 아버지께는 애증이 함께하는 여전히 또 다른 자식이었다.

마을이 조용한 날은 집 안에 누워서도 아버지의 경운기 소리를 알아맞힐 수 있었다. 지나가는 경운기는 탈탈탈탈 하는 소리를 내고 아버지 경운기는 타알 타알 타알 타알 하며 왔다. 걸어오는 것보다 조금 빠른 속도를 내기 때문에 경운기 소리를 듣고 난 후에도 한참을 지나서야 집에 도착하신다. 딱 시동을 끄는 그 시점을 알아맞히고는 "아버지 다녀오셨습니까?" 하고 배웅을 나간다. 집에 있으면서 문 밖에 나와 인사를 하지 않으면 엄마는 그냥 넘어가지 않으셨다.

안전운전, 서행 운전을 잘 지키시는 데도 불구하고 크고 작은 경운기 사고가 자주 일어났는데, 나중에 아들에게 농사 주권을 넘겨주기로 작정한 것도 이 경운기 때문이었다. 과수원으로 가려면 동네 골목 안을 통과해야 한다. 문제는 좁은 골목길이다. 리어카 한 대 지나갈 정도로 그리 넓지가 않다. 그동안 남의 집 담벼락도 몇 번 박았고, 재숙이네 집 옆에는 노면의 경사가 심해 푹 꺼져 있어서 경운기가 지나갈 때는 몰고 가는 사람도 보는 사람도 늘 조마조마했다.

한번은 비 오는 날, 남의 논 한복판으로 곤두박질쳤다. 읍내에서 크레인을 불러 끄집어내고 출장비도 20만 원 정도를 내야 했다. 아버지는 끝내 괜찮다고 하시면서 병원을 가지 않으셨는데 그 이후 몇 날 며칠 동안 앓아누우신 적도 있었다. 나중에 안 사실이지만 그 길에 들어설 때면 아찔했던 기억이 떠올라서 가슴이 답답하고 심장이 짓눌린 것 같고 잠도 잘 못 주무셨던것 같다. 병원에서는 외상 후 증후군이라며 약을 한 달 정도 복용하셨다. 아버지는 심각했는데 말씀을 안 하셔서 식구들은 그 정도까지인 줄은 몰랐었다.

농번기 때는 달창 저수지에서 관개 수로를 통해 보내주는 물을 경운기 모터가 끌어당겨 와 밭으로 물을 흐르게 했다. 나무 한 그루 한 그루마다 그 밑에 작은 고랑을 파서 물이 머물도록 하면 되는 것이다, 엄마와 아버지께는 자식 같은 나무들이었다. 초저녁에는 눈만 겨우 붙였다가 어스름하게 새벽길이 보일 즈음에 과수원으로 가셨다. 할 일이 있든지 없든지 간에 나가셨고 부지런한 걸로 치자면 우리 동네에서 아버지가 최고셨다. 농사 경험이 그리 많지 않던 아버지의 농사 비법은 동네 사람들과 조금 다르기도 하고 같기도 했는데, 그 사소한 차이가 적중할 때가 있었다. 동네 사람들 대부분은 과일이 어느 정도 다 크고 익고 난 다음에 따기 시작했지만, 아버지는 조금씩 매일 제일 좋은 것부터 따내면 내일도 그다음 날도 계속 좋은 걸 딸 수 있다고 하셨다.

지금은 자두나 복숭아가 5kg, 10kg 박스로 무게를 재서 포장을 하지만 20년 전쯤에는 나무 상자에 20kg로 담아서 팔 때가 있었다. 나무 상자에 담아 작업을 해 놓으면 오후 2시 정도에 농협의 대형 트럭이 와서 싣고 서울로 올라갔다. 주인은 경매 현장에 있지도 않으니 얼마에 거래되었는지도 모른다. 농협 직원이 만 원이라고 하면 만 원인 줄 알고 2만 원이라고 하면 그렇게 믿을 수밖에 없었다. 해마다 반복되는 일이었지만 하루하루 시세 차이가 너무 많이 났다. 서울 도매상에서는 물량 차이라고 하고 농가 주인은 반신반의했다.

심증은 있지만 물증이 없던 과수농가 대표들이 어떻게 경매가 이루어지는지 한번 가보자고 의견을 모았다. 과일 상자를 쌓은 트럭 중간에 도둑 소굴 같은 공간을 만들어 그 안에 대여섯 명이 올라타고 서울로 갔다. 새까맣게 그을리고 빠싹 마른 엄마가 다른 아지매들 사이에 끼어 앉아 있었다. 잘 도착했다는 엄마의 전화를 받기 전까지는 계속 목이 뻑뻑해져서 누가 건드리기만 해도 눈물이 나올 것 같았다. 엄마는 괜찮다고 하는데 우리가 괜찮지 않았다.

그렇게라도 주인들이 올라갔다 온 후, 과수원집 아지매들의 눈빛이 달라졌다. 현장을 학습한 효과가 있었다. 엄마가 전해준 경매 이야기로는, 우선 트럭이 도착하면 상인들이 모여들고 싣고 갔던 상자 중에 무작위로 한 상자를 확 뒤집어 엎어놓고 과일 상태를 파악한다고 했다. 그때 밑에 깔린 데에서 작은 게 여러 개 나오거나 상한 게 들어 있으면 도매 상인들이 이런 걸 우째 파느냐고 트집을 잡아 값을 확 떨어뜨리는데, 한 상자 값만 내리는 게 아니라 그 집 과일 전체 값을 다 헐값으로 만들어 버린다고 한다.

그다음 날부터 과수 농가에서는 집집마다 복숭아 상자 옆에다 애프터 서비스용 봉지를 하나 매달아 놓고 운전기사를 교육시켜 보냈다. 혹시라도 작은 거나 상한 게 있으면 이 봉지 안에 넣어둔 걸로 바꾸고 대신 값은 깎지 말고 제 값을 달라. 뭐 그런 부탁을 하라는 거였다. 그러면서 운전기사에게도 두툼하게 한 봉지를 건넸다.

내가 복숭아를 상자에 담을 때는 위 칸 중앙은 크기가 비슷한 것끼리 맞추는 것보다 제일 크고 빨갛게 잘 익은 것 한두 개를 넣었다. 그러면 그 전체가 더 먹음직스러워 보였다. 하지만 이것도 빌미가 될까 봐 '좋은 주인 만나거라.' 하면서 기도를 담아 넣고는 했다

자두나 복숭아는 대부분 10kg짜리 박스에 담겨 유통된다. 자두 값은 자두 개수보다는 자두 크기에 따라 달랐다. 자두 크기를 상중하로 나누어 담았는데 더러더러 폭풍 성장한 자두가 출현하여 자두 서열을 위협하는 경우가 있다. 잘생긴 '상' 크기보다 더 큰 자두가 나오면 아이고! 잘생겼다 하면서 '특' 이라고 이름을 붙여 주었는데, 이번에는 그 특보다 더 큰 게 나타났다. 가족들이 고민

한 끝에 '왕' 이라고 합의했다. 우리 집 자두 박스는 크기란에 상 중하, 특 그리고 왕, 이렇게 다섯 단계의 자두로 이름을 붙이고 경매 시장으로 나갔다.

　문제가 생겼다. 왕과 특의 물량이 그렇게 많지 않아 '특' 이나 '왕' 몇 개를 분리해서 파는 것과 대부분 많은 물량이 있는 '상' 에다 섞어서 파는 것, 둘 중에 어느 것이 더 나은지 가늠하기가 어려웠다. 한번은 '왕' 과 '특' 을 따로 분리해서 경매시장에 갔더 니 상대적으로 물량이 훨씬 많은 '상' 의 가격이 뚝 떨어지는 경 향이 나타나 손해를 보았다. 상품 기획, 상품 전략, 뭐 이런 게 있 어야 하는데 시골에서는 다 경험으로 하고, 대세에 시세가 따라 다니다 보니 늘 적자 나는 농사를 짓고 있는 것 같았다.

　엄마, 아버지는 제일 크고 좋은 것이 제값을 받기가 어렵다는 걸 알고 난 다음부터는 이렇게 말씀하셨다. "얘야, 이거는 너 직 장에서 제일 높은 사람한테 갖다드려라. 이렇게 잘생기고 귀한 건 귀한 사람한테 줘야지! 이런 건 파는 게 아니더라. 우리 엄마, 아버지가 올해 농사지은 건데 맛이라도 한번 보이소." 하며 가지 고 가라고 하신다. 다른 사람이 뇌물로 보면 곤란해질 수도 있다 고 했지만 "네가 그 좋은 병원에서 간호사로 일하도록 해준 게 엄마, 아버지로서는 참 고맙기도 하고 대견해서 그러지!" 그렇게 말씀하시며 엄마, 아버지는 그해도 그 다음해도 항상 잊지 않으 셨다.

아버지의 여행

　　　　　이른 새벽에 중국으로 문화 답사 여행을 떠난 아버지로부터 전화가 걸려 왔다. 중국에 도착해서 하는 전화치고는 너무 이른 시간이다. "아버지다!" 다소 침체된 아버지의 첫마디가 수만 가지 생각을 몰고 왔다. 시계를 보니 오전 10시다. 공항에서 택시 타고 집으로 가고 있으니 그리 알라고 하신다.

　간밤에 아버지는 여행 가방을 준비하면서 갱신한 새 여권과 5년 전 여권, 두 개를 두고 어느 것을 가지고 갈까 하며 갈등을 하셨나 보다. 나름대로 이유가 있었다. 새 여권은 미리 줘서 비자 발급은 받아 놨을 테니 더는 필요 없을 것 같고, 옛 여권도 아직 유효 기간이 남아 있으니 공항 통과할 때 아무런 문제가 되지 않을 것이라고 생각하셨다. 그래서 2개 중 하나만 챙기셨다. 5년 전 여권 사진이 보기에 더 낫더라는 게 아버지의 대답이었다. 엄마의 소견이 자식들의 뒤통수를 쳤다.

"너희 아버지가 전날 보청기만 잘 갖고 나가셨으면 가이드 양반 당부를 명심했을 텐데 허투루 들었다. 누구 나무랄 것도 없다. 자식들이 함께 살면서 챙겨드렸으면 이런 황당한 일은 없었을 텐데."

외국 나들이 경험이 별로 없던 두 노인네라 남들 이야기인 줄로만 알고 지냈는데 우리의 이야기였다. 아버지는 민망한지 "나야 갔다 온 셈 치면 되지만 자식들이 고생해서 보내 준 돈을 하늘에 날려 버렸다고 생각하니 그게 참 아깝다. 너희한테 면도 안 서고 미안하구나."라고 하셨다. 아버지 서랍에 잠들어 있는 여권들이 자꾸만 내게 말을 걸어온다. 중국 여행을 덮을 만한 다른 여행을 준비해야 할 것 같았다.

그 이후로도 아버지의 크고 작은 여행은 계속되었다. 몇 해 전에는 마을 이장이 관광버스 한 대 대절해서 마을 어르신들 모시고 단풍놀이를 갔다. 여행 한 번 다녀오면 마을 회관에서는 몇 날 며칠 동안 꼬리에 꼬리를 무는 이야깃거리로 거품이 쌓여서 풍성해지는 법이다. 이번 여행도 예외는 아니었다. 단풍은커녕 밀양 양반 때문에 다들 마음만 얼룩덜룩 단풍 들어서 왔다고 한다.

그날은 다소 늦은 점심때가 되어 다들 허겁지겁 식사를 서둘렀는데 하필이면 생선 가시가 그만 밀양 양반 목에 걸려버린 것이다. 엎드려서 손가락을 깊숙이 넣어보기도 하고 쌈을 한 입 크게 싸서 먹어도 보고, 참기름 듬뿍 바른 주먹밥도 씹지 않고 삼켜도 보았다. 모두 그 연세에 그런 경험 한두 번 안 겪었을 리 만무하여 하나같이 한입씩 거들어 점입가경에 이르렀다. 30여 분이 지나도 주저앉을 기미는 보이지 않고 캑캑거리던 밀양 양반 손바닥에 식은땀까지 삐질 새어나왔다. 안절부절못하던 70대 젊은 마을 이장이 어르신들의 등살에 밀려 결국은 119를 불렀다. 삐뽀삐뽀 소리에 구경꾼이 모여들기까지 했다. 그 틈새를 가로질러 낯선 읍내 병원으로 이장과 밀양 양반이 실려가 버렸다.

바람 빠진 풍선처럼 남겨진 사람들은 모두 한차례 놀란 뒤라 식사도 입으로 들어가는지 코로 들어가는지도 모른 채 여행이고 나발이고 그냥 집으로 돌아왔다. 그런 일이 있은 뒤 한동안 마을 회관 근처에 얼씬도 안 하던 밀양 양반이 염통머리 없게도 동네 사람 여행 망친 건 생각 안 하고 자기는 회도 안 먹고 놀러도 못 갔으니 이장한테 회비를 도로 내놓으라 했다는 소식이 돌았다. 난 그 얘기를 들으면서 혹시 그분도 아버지처럼 자식들이 보내준 용돈으로 단풍놀이를 따라나선 것 같다는 생각이 들어 슬그머니 웃음이 났다.

몇 달 뒤, 아버지는 일본 여행을 떠나셨다. 자식들이 안부 전화를 해도 절대로 알리지 말라고 엄마한테 신신당부하셨다고 했다. 비밀을 나에게 흘린 어머니는 "이번에는 제대로 비행기 탔나 보더라. 연락이 안 오더라. 근데 말이다. 네 아버지는 어찌 그리 고지식한지 모르겠다. 일본까지 갔다 오면서 기다리는 사람들 손 쳐다볼 거 뻔히 알면서 맨손으로 왔다. 그때 비행기에 날린 돈이 아까워서 아예 작정이라도 했는지 일 원 한 푼도 안 쓰고 갖고 갔

던 돈 봉투를 그대로 내놓지 뭐냐. 참 고약한 양반이다. 너희는
이런 거는 본받지 말거라." 하며 섭섭해하셨다.

엄마와 전화를 끊고 나서 계속 웃음이 실실 났다. 여행 기간 내
내 일 원 한 푼 안 쓰려고 애쓴 아버지의 비장한 얼굴이 머릿속에
그려졌다. 역시 우리 아버지다.

엄마와 배추

　　올겨울 배추는 딸기만큼 효도하기가 어렵게 되었다. 한때 김치가 금치로 주가를 올리던 시절도 있었지만, 시골 엄마의 소박한 배추 종목은 하락 추세를 면하지 못했다. 우리는 대기업의 진입, 김장 인구 감소, 배추 농사 풍작, 엄마의 무리한 투자를 주변 요인의 변수로 분석했다. 김장이 되지 못한 배추는 밭에 그대로 남겨진 채 고라니의 새벽 밥상이 되거나 겨울잠 없는 멧돼지로 인해 난장판이 될 전망이었다.

　　엄마의 배추 농사는 가을이 들어서기 전부터 시작되었다. 돼지감자를 캐낸 밭에 배추씨를 뿌리고 정성껏 물을 주었다. 며칠 뒤에 가보면 배추 떡잎 옆에 뿌린 적도 없는 풀들까지 푸릇푸릇 올라와 있었다. 농사는 풀과의 전쟁이다. 행여 며칠 동안 다른 일을 하느라 손을 놓치고 나면 그 풀들이 배추 행세를 했다. 풀들은 배추 옆에 딱 붙어서 같이 먹고 같이 자랐다.

어렸을 때, 풀을 뽑는 일은 동생하고 내 몫이었다. 밭에만 가면 엄마는 억지로 끌려 나온 우리에게 밭고랑 하나씩 주고 누가 더 빨리 끝내는지 꼭 경쟁을 붙이고는 하셨다. 한번은 열무밭에 풀 뽑으러 갔다가 풀인지 열무인지 구분을 못하고 서로 빨리 끝내려다 밭을 망쳐 버렸다. 저녁 내내 밥그릇도 빼앗기고 욕은 욕대로 배불리 먹었다. 다행히 요즘에야 비닐로 땅을 덮어씌우고, 구멍을 뚫어 씨앗을 뿌려놓으면 잡초들은 비닐 속에서 숨통이 막혀서 죽거나 굶어 죽는다. 그렇지만 잡초로부터 이제 좀 자유로우려나 하고 방심했다가는 큰코다친다.

자연에는 생태계라는 보이지 않는 지배 구조가 존재한다. 경험에 의하면 잡초 다음 단계의 먹이사슬은 눈독이 오른 새들이다. 콩이건 배추 씨앗이건 뿌려 놓고 덮어 놓고 숨겨 놓아도 씨 뿌리는 것을 주인 몰래 숨어서 보기라도 한 것 같았다. 심을 땐 분명히 없던 새가 날아와 땅을 뒤져 파먹고 쪼아 먹고 해코지를 해놓고 간다. 엄마는 "아이고, 하는 짓이 꼭 여우다. 우째 그걸 알고 파먹었겠노?" 하신다.

그렇다고 빼앗긴 들을 포기할 우리 엄마가 아니었다. 또 씨를 뿌렸다. 너는 너대로 나는 나대로 한번 해 보자. 네가 파먹으면 나는 또 심으면 되지! 끝까지 살아남는 자가 이기는 거지. 이게 우리 엄마의 농사 철학이었던 것이다!

엄마의 위장 전술은 나날이 진화되고 있었다. 한숨과 함께 좀 더 깊게 땅을 파서 또 씨를 뿌리고 빛을 반사하는 금줄 테이프도

쳤다. 금줄의 테두리가 햇빛에 반사되어 바람이 불 때마다 춤을 춘다. 우리 밭에만 있는 금줄이 아니라 논밭 여기저기에서 나타나기 시작했다. 바람이 불면 온 들판에 금줄 파도가 넘실대었다. 더 이상 새들도 얼씬 못 하려나? 착각이었다. 이걸 알아차리는 데 한 달이 채 걸리지 않았다. 기는 놈 위에 나는 놈 있다더니 미처 날아가지 못한 새 한 마리가 금줄 박은 말뚝 머리 위에 앉아있다. 옆으로 한 번 힐끗, 나 한 번 힐끗힐끗 번갈아 가며 멀리서부터 걸어오는 나를 지켜보고 있었다. 헛웃음이 났다. 새들도 동반 성장한 것이다.

한번은 밭에 갔다가 멀리서부터 깜짝 놀랐다. 우리 밭에 누가 와 앉아있었다. 어, 누구지? 가까이 다가가서 보니 어렸을 때 우리가 가지고 놀던 말 인형 위에다 엄마의 화려했던 옷을 입은 곰 인형이 올라타고 있었다. 금줄 다음에 생각해 낸 배추밭 위장술이다. 엄마의 승리가 목전에 다다랐다. 씨름 하는 동안에 밭고랑을 따라 파릇파릇 싹이 올라오면서 배추들이 자라고 있었다. 새들은 어디로 날아갔는지 자취를 감추고 배추밭에는 더는 찾아오지 않았다. 뻐끔하게 씨앗을 파 먹힌 흙구덩이는 알고 있는 것 같았다. 새들이 그 가을에 무슨 짓을 했는지.

한 계절을 버텨내며 살아야 하는 배추밭에는 또 다른 복병이 숨어있었다. 가뭄이다. 땅에서 자라는 모든 것은 물에 예민했다. 날마다 일기예보에서 비 소식을 기다렸다. 가뭄이 길어지자 아버지께서 밭과 논의 경계선쯤 되는 곳에 양팔 벌릴 정도의 크기만

한 웅덩이를 팠다. 분명히 며칠 전까지만 하더라도 그 웅덩이가 바닥을 보일 때까지 물을 다 퍼냈는데 며칠 뒤에 가보면 거짓말같이 또 물이 고여 있었다.

한번은 그 웅덩이에서 뱀이 스르륵 지나가는 걸 보고 기겁을 한 적이 있다. 그다음부터는 아직도 뱀이 거기 있는지 돌멩이를 하나 풍덩 던져놓고 숨을 죽이며 물이 움직이는지 안 움직이는지 지켜봤는데 뱀은 한 번 들킨 자리로는 돌아오지 않는 것 같았다. 어떤 날은 식탁에 오른 배춧잎에 달팽이가 붙어 있기도 했다. 그 웅덩이에서 살던 아이가 물 퍼다 나를 때 딸려 나와 새 정착지로 이주를 했나? 아니면 몇 날 며칠을 기어서 배추밭으로 이민을 온 것일까? 어지간히 질긴 생명이다.

벌레가 먹어 잎에 구멍이 쑹쑹 난 것! 달팽이가 붙어 있는 것! 배추 줄기보다 배추 잎이 더 큰 것! 배추 포기가 남들 것보다 작은 것! 줄기보다 잎이 더 큰 배추! 우리 집 배추는 시장통에 나온 우량 배추와는 눈에 띄게 차별화되었고 우리의 밥상은 늘 소박했다.

여느 사람들이 "너희 집은 올해 김장 몇 포기 하니?" 하고 물을 때가 있다. 이 질문은 우리에게 해당되는 질문이 못 된다. 우리 집은 포기로 배추를 가늠하지 않았다. 언제나 '경운기 한 트럭' 혹은 '리어카로 한 번' 이렇게 세면 우리 집 식구들 김장은 겨우내 먹을 만큼 되었다. 설령 남는다 해도 딴 사람 주면 될 일이라 포기 수에 연연해할 필요가 없었다.

배추 농사가 잘되거나 못되어도 엄마, 아버지의 답은 늘 똑같았다. "우리가 먹을 거잖아!" 아! 맞는 말씀이었다. 한 계절 동안의 햇살과 바람과 비 그리고 엄마, 아버지의 손에서 몇 달을 키워 낸 배추라는 게 중요했다. 그것만으로도 충분했다.

배추에 대한 자부심을 스스로 만들어 낸 엄마에게 처치가 곤란해진 배추를 겨울 들녘에 누워있게 한다는 건 자존심의 문제였다. 몇 날 며칠 고심 끝에 엄마가 칼을 빼어 들었다. "너희 외사촌한테 연락해서 저 밭에 남아있는 배추들 싹 뽑아 가라고 해라. 닭한테도 사료를 먹이는데 그거보다야 배추가 더 안 낫겠나." 엄마는 사람보다 먼저 닭에게 기부하는 걸 생각해 내신 것이다.

그렇게 엄마가 마음을 비우니 닭들은 몇 날 며칠 동안 제철 음식을 넉넉하게 먹게 되었다. 그 닭들로 말할 것 같으면 우리 집 호박도 한 트럭 먹어 치운 단골이다. 앞으로 그 닭들의 미래 전망을 살펴보면 도시 사람들이 선호할 자연산이고 유기농 닭들로 성장할 것이다. 닭의 생태계도 별일이야 없겠지!

엄마의 200만 원

　　두어 달 만에 시골 부모님을 뵈러 갔다. 보통 두 분이 세상 편한 자세로 누워 계시면 나는 두 분의 다리를 주물러 드리면서 편찮으신 곳과 걱정거리, 필요한 것과 해야 할 일을 짐작해 낸다. 딸만이 할 수 있는 시시콜콜한 가족의 안부도 대신 전해드린다. 코로나 때문에 더더구나 발길이 소원해진 터라 늙은 딸의 수다도 뉴스처럼 반갑게 귀 담아 들으셨다. 될 수 있으면 안 좋은 일은 아예 빼 버리거나 포장을 잘해서 걱정 안 하시도록 말씀드리는데 엄마는 눈치가 백 단이다.

　　대수롭지 않은 일이라 무심히 했던 말들도 엄마의 레이더망에 걸리기만 하면 상상력에 가속도가 붙는다. 우리 형제들이 "에헤이, 우리 엄마 또 소설 쓰신다."라고 표현하는데 몇 날 며칠 동안 고문을 당하는 경지까지 가서 꼬리를 붙잡히고 만다. 자라면서도 항상 이 점을 명심해야 했다.

아버지는 정반대시다. 고개를 끄덕이면서 들어주셔서 잘 들으셨겠거니 생각하면 안 된다. 막내가 새 직장에서 인터뷰한 내용이랑 합격한 소식을 현장감 넘치게 전달한 뉴스였는데 "아, 그래. 근데 누가 들어갔다고?" 하고 반문하신다. 그러면 나는 또 처음부터 그 이야기를 한 번 더 해드린다. 한 번 한 이야기를 두 번 못 할 게 뭐가 있겠는가? 우리 아버지인데. 내 목소리 톤은 점점 높아지고 입술 모양은 또렷해진다. 이상하게 보청기도 하고 계시고 엄마랑 같은 드라마를 보면서도 주인공이 왜 화를 내는지 통역이 필요한 우리 아버지시다. 아마 평생을 정직하게 살아오셔서 그런 게 아닐까 싶다.

집으로 가려고 일어서니 엄마가 눈짓으로 조용히 불러내신다. 아버지 몰래 뭔가를 하시려나 보다. 여기저기 봉투에서 주섬주섬 꺼내 몇 번이고 세더니만 이게 200만 원이다. "그동안 너희가 주는 용돈 안 쓰고 안 입고 모아 놓은 거다. 네가 대신 유미한테 좀 부쳐다오. 나 혼자는 돈을 우째 부치는지 모른다." 하시며 돈을 쥐여 주신다.

엄마는 아직까지 경제권을 위임받지 못해 아버지가 은행 업무를 다 하신다. 그래서인지 내가 직장 생활을 하면서부터 딴 주머니를 좋아하셨다. 아버지와 같은 자리에 계실 때 아버지께 드리면 엄마 손에까지 넘어가지 못한다는 걸 일찌감치 알았다. 용돈도 아버지 몰래 따로 받기를 즐기셨다. 엄마의 은행은 주방에 있다. 밥그릇이 되기도 하고 장판 밑이 되기도 한다. 어쩌다가 아버지한테 털린 적도 있다.

한때는 그 몰래 받은 돈으로 몰래 쓰는 재미를 들인 적이 있었다. 압력 밥솥도 사고, 온수 보일러 장판도 사고, 고급 알로에 세트도 샀다. 저녁마다 5일 장터 옆에 세일 마당을 펼친 젊은이들은 객지에 있는 자식들 대신해서 효도 놀이를 한 시즌씩 했다. 봉고차로 인근 마을을 돌면서 할머니들을 태우러 오고 모셔다드리고 하면서 노래도 하고 재미나게도 해주고, 어디 그뿐이랴, 게임을 해서 알아맞히면 휴지도 주고 플라스틱 바가지도 공짜로 주면서 마을할매들이 모두 같은 온수 장판 하나씩 다 깔고 누울 때까지 손때 묻은 쌈짓돈을 홀랑 다 끌어갔다. 덕분에 우리 집 아랫목에도 온수 매트가 깔리고 나도 압력 밥솥 하나 얻어걸려 아직도 쓰고 있다. 뒤늦게 자식들의 비난과 재교육을 단단히 받은 할매들한테는 그 이후로 양말 한 짝 팔아먹기 어렵게 되었다.

아! 근데 신종수법이 나타났다. 보이스피싱이다. 시급한 보수 교육이 필요하다. 다행히 엄마도 전화를 받은 적이 있지만 뭐를 누르라고 하는데 통장 번호를 아나, 뭐를 아나. 뭔 말인지 몰라 "아이고 우리 아이들 오면 물어보소 하면서 내가 끊었다."라고 하신다. 이제 또 어떤 사기꾼이 닥칠지 모를 일이다.

그렇게 매 위기의 순간을 지켜내면서 모아놓은 엄마의 돈이다. 엄마가 내미는 그 돈이 어쩐지 낯이 익다. 엄마 쓰라고 드린 돈인데 유미한테 가는구나. 한 번에 10만 원씩 모았다고 해도 200만 원이 되려면 족히 일이 년은 걸렸을 법한데. 이런 생각들이 훅 지나갔다.

"애야, 백만 원은 너거 형부 퇴직했다고 하니 시원섭섭 안 하겠느냐. 너거 언니 세상 떠나고 우리라도 챙겨야 너거 언니가 덜 서운해할 것 같구나. 그동안 수고했다고 전하고 양복이라도 한 벌 해 입으라고 해라. 남은 돈은 네 조카 유미에게 주거라. 너거 언니가 남기고 간 세상에 하나뿐인 우리 핏줄 아니냐. 유미 아들 서준이 돌잔치 때 코로나 때문에 못 올라갔으니 딴에는 섭섭했을 것이다. 반지 대신에 서준이도 옷 한 벌 사주라고 말 보태거라. 할머니라고 있다 하면서 아무것도 안 해주면 유미 시댁 쪽에서 흉본다." 하시면서 얼른 내 주머니에 찔러 넣으신다.

그 돈을 갖고 와서 현금 지급기에 넣는다. 돈 세는 소리가 요란하다. 조금 세다가 기계가 멈춘다. 지폐를 다시 확인하라는 것이다. 보통 구겨지면 튕겨 나오는데, 다시 한번 쫘악 펴서 넣어보았다. 몇 번을 기계가 돌아가다가 멈춘다. 구겨진 것도 없는데 이상하다. 5만 원 신권이 떨어지지 않고 겹겹이 눌려 한 뭉치가 되어 있었다. 두 번을 더 거듭한 뒤에야 돈이 온전히 은행으로 다 넘겨졌다. 얼마나 오랫동안 눌어붙어 있었을까! 손자국 하나 없는 빳빳한 신권이 엄마의 은행에서 문화재처럼 잠들어 있다가 오랜만에 숨을 쉬고 세상 구경을 하게 되었으리라. 그 돈에는 엄마의 시간이 고스란히 담겨있었다.

엄마의 웨딩 사진

　　　　　　엄마의 팔순 기념으로 자식들이 웨딩 사진을
찍어드리기로 했다. 각종 의상과 인테리어가 구비되어 있는 컨셉
사진관에서 엄마에게 견본을 보여드렸다. 엄마의 얼굴이 상기되
는 것을 느꼈다.

　일주일 전에 예약을 하고 남동생 내외가 시골에서 부모님을 모
시고 올라왔다. 화려한 카펫이 깔린 도회적인 실내 분위기가 동
네 사진관과는 달라서 엄마는 서먹한 눈치였다. 남동생이 얼른
엄마 손을 이끌고 들어오며 "아이고 우리 엄마 출세했네. 팔순에
웨딩사진을 다 찍고. 영화 찍는 세트장 같네." 하며 너스레를 떨
었다.

　나는 이 공간은 두 시간 동안 우리가 예약했기 때문에 다른 손
님은 안 받기로 했다고 설명하고 계산은 착한 홍 서방이 이미 다
했으니까 아무 걱정 안 해도 된다고 덧붙였다. 홍 서방은 나의 남

편이다.

　의상 코너에는 하늘하늘한 소녀 감성복, 궁중복, 개화기 의복, 웨딩드레스 등이 성별, 색상별, 사이즈별로 갖춰져 있었다. 고급스러우면서도 아기자기하게 포토 존이 꾸며져 있었다. 마음에 드는 의상을 자유롭게 골라 입고 포토 존에 와서 기념사진을 찍으면 된다고 했다. 나는 엄마에게 무슨 옷이든 다 입어보셔도 되니 천천히 한번 둘러보시라고 말씀드렸다. 그러면서 나름대로 미리 생각해 둔 〈미스터 션샤인〉에 나오는 주인공 의상을 살펴보려고 개화기 의상 코너 쪽을 기웃거렸다.

　그런데 이럴 수가! 엄마 계신 쪽에서 시끌벅적한 소리가 났다. 엄마가 어깨가 훤히 드러나 보이는 새하얀 웨딩드레스를 걸치고 있는 중이 아닌가! 세다! 궁중복도 아니고 개화기 의상도 아닌 웨딩드레스라니! 생각지도 못한 일이었다. 엄마도 민망한지 "아이고, 얄궂다. 팔순 할망구한테 맞는 웨딩드레스도 다 있네." 하신다. 올케가 엄마 비위를 맞춰가며 빠르게 웨딩드레스를 입히고 있었다. "리본 끈으로 사이즈를 조절하는 거라 쉽게 입으실 수 있어요.", "맘에 안 들면 부담 갖지 마시고 다른 걸 입어 보셔도 된다고 합니다."라고 속삭인다.

　그뿐인가. 드레스가 끝나자 "이제 어머님 예쁘게 화장하러 가요." 하며 엄마를 화장대 앞으로 모셔왔다. 화장도 사진 찍는 것도 내 담당이다. 얼굴색은 도시 할머니처럼 하얗게, 입술은 너무 빨갛지 않게, 눈썹은 동그랗고 끝은 가늘게. 엄마는 마음에 드신 모양이었다. 거울에 비친 모습을 보며 "남이 보면 늙은이가 별짓을 다 한다고 흉보겠다." 하시면서도 얼굴은 기쁜 빛을 감추지 못한다.

화장이 끝나갈 무렵 남편이 "여보, 장인어른도 메이크업 좀 해드려." 한다. 검은색 턱시도 정장에 까만색 나비넥타이를 갖춰 입은 아버지가 10년 젊어진 새신랑의 모습으로 문 앞에 서 계셨다. "와! 우리 아버지 정말 멋지다!" 하면서 화장대 앞으로 모시고 왔다. 속으로는 연신 놀라고 있었다. 보수적인 분이라 사진 한 장이라도 찍을 수 있으려나 하고 내심 걱정을 하고 있었기 때문이다. 남편한테 어찌 된 일이냐고 살짝 물었더니 "장인어른, 오늘 하루쯤은 장모님 기분 맞춰 드리면 그게 큰 선물 아니겠습니까?" 하니까 흔쾌히 "알았다." 하시면서 자리에서 일어나셨다고 한다.

아버지의 얼굴에 화장을 하려고 모자를 벗기니 아뿔싸, 민머리가 나타났다. 순간 당황했다. 어디까지 화장을 해드려야 하나? 연신 "됐다. 그만하자, 그만해라." 하시는 아버지 말씀에 "예, 예. 됐습니다." 하면서 속도를 높여 화장을 대충 마무리했다. 아버지는 연신 거울을 보시며 "허허 참! 딸 덕분에 내 평생 장가 두 번 가게 생겼네." 하셨다. 그 말씀이 듣기 좋았다.

우여곡절 끝에 분장에 가까운 화장을 끝내고 두 분의 촬영이 시작되었다. 두 분이 소파에 자리를 잡고 포즈를 취할 때 또 한 번 변수가 일어났다. 엄마가 갑자기 "야야, 내 손이 너무 못났다." 하시며 손을 자꾸만 숨기는 것이었다. 나는 얼른 하얀 레이스 장갑을 가지고 왔다.

웨딩드레스 촬영 말고도 어머니는 내가 추천해 드린 빨간색 벨벳 원피스로 갈아입고, 진주 목걸이를 하고, 루비 장식을 한 핸드백을 들고, 하얀색 뾰족구두로 갈아 신고 고생 하나도 안 한 귀부인처럼, 아버지는 영국 왕실 커피 잔을 들고 영국 신사처럼 여러 포즈로 바꿔가며 사진을 찍었다.

"웃어보세요. 마주 보세요. 더 가까이 다가가세요. 잔을 짠 하고 부딪혀 보세요." 귀찮도록 주문을 하고 있었지만, 아버지는 "허허, 참." 하시면서도 다 응해주고 계셨다. 남편은 쉴 새 없이 휴대폰으로 동영상을 찍었고 나도 닥치는 대로 셔터를 눌렀다.

집에 돌아와 사진을 확인해 보니 엄마와 아버지의 얼굴에는 세월이 고스란히 담겨 있었다. 아버지의 화장이 너무 하얗게 되어 가부키처럼 보이는 것도 마음에 걸렸다. 얼굴과 목 뒤의 경계선이 눈에 띄어 마음이 영 편치 않았다.

내년 생신에는 피부과에 가서 엄마 얼굴에 있는 저 잡티도 좀 뽑아내고 아버지는 십 년 젊어 보이는 가발도 하나 맞춰 드려야겠다. 주름살도 없고 민머리도 아닌 부부 사진을 벽에다 턱 하니 걸어드려야겠다고 생각하니 내 마음이 조금 편안해졌다.

오해

　　　　　저녁 운동을 하러 공원으로 나갔다. 도착해 보
니 오늘도 누가 시킨 사람은 없는데 사람들은 시계 방향으로 돌
고 있었다. 왜 다들 이 방향으로 도는 걸까? 이미 있던 무리에 끼
어들기 위해서 암묵적으로 그들과 같은 방향으로 돌아야만 계속
갈 수 있다. 가끔 시계 반대 방향으로 가는 사람들이 있기는 있었
지만, 반대편에서 오는 수많은 사람과 맞부딪히기 때문에 서로
불편함을 느낀다. 계속 운동을 하려면 같은 방향으로 돌아서야
했다.

　우리 아파트에서 경비하시는 할아버지가 보였다. 치매가 있는
할머니의 손을 잡고 산책 중이다. 근무복을 입지 않는 날에도 아
파트 광장에서 부인의 손을 잡고 산책을 하는 모습을 종종 봐 온
터라 낯설지는 않았다. 인사를 해도 할아버지만 인사를 받아줄
뿐 할머니는 먼 산 보듯 했다.

그 두 분 앞을 모르는 척하기도 뭣하고, 뛰어서 지나가기도 영 불편하고 미안했다. 얼마 동안은 뒤에서 거리를 유지하며 따라가다 보니 이 두 분의 걷는 속도가 서로 다르다는 게 눈에 들어왔다. 할머니는 할아버지보다 두어 걸음 앞서서 할아버지 팔을 끌어당기고 할아버지는 할머니의 힘을 통제하려고 할아버지 쪽으로 할머니 팔을 끌어당긴다. 두 사람은 서로를 끌어당기며 아슬아슬하게 가고 있다. 누가 봐도 산책이 아니라 힘겨루기처럼 보인다. 할머니의 모습에서 엄마 손 잡아당기며 떼쓰는 어린아이가 보인다.

당시에 내 어깨에 문제가 생겨 재활 치료를 받던 중이었다. 두 사람의 어깨 통증이 고스란히 내게 전해져 온다. 앞으로 운동을 계속 해야 한다면 저 방법은 아닌 것 같다. 누구 어깨든 어깨가 빠질 것 같다. 아예 모르는 사람이면 그냥 넘어갈 수도 있지만 저 할아버지와 할머니는 우리와 같은 성당을 다니고, 한때는 반 모임도 같이 했던 분들이라 남 같지가 않다.

슬쩍 옆으로 가서 "두 분이 운동하고 계시네요." 하며 말을 건넸다. 할아버지가 "아 예, 집사람 혼자 놔두면 심심할 것 같아서요." 하신다. "팔 아프시겠어요. 계속 그렇게 당기다 보면 어깨까지도 아프실 것 같아요.", "죽을 판입니다. 몸은 성한데 집에 혼자 가둬놓을 수도 없고 밖에 나오면 걸음이 어찌나 빠른지 따라가지도 못합니다. 팔을 놓으면 차 있는 데로 훅 뛰어들까 팔을 놓지도 못합니다." 할아버지는 죽을상을 지으며 말씀하신다. "저도 걱정이 돼서요. 혹시 두 분이 팔짱을 끼든지, 한쪽 팔만 당기지 말고 이쪽저쪽 번갈아 가면서 잡으면 어떨까요.” 입 안에 맴돌고 있던 말을 하고야 말았다.

아니나 다를까 경비 할아버지도 “아이고 벌써 이쪽 팔도 문제가 오긴 왔습니다. 근데 저쪽 팔은 수술해서 돈 들어간 팔이라 혹시라도 잘못될까 봐 겁이 나서 손을 못 댑니다.” 아! 그랬구나. 그래서 한쪽 팔만 잡아당겼구나. 할아버지의 그 말씀에서 부인에 대한 연민이 묻어 나왔다. 내가 오지랖을 보인 것 같아 죄송했지만 그 연유를 알게 되어 다행이었다.

막내가 고등학교 졸업하는 기념으로 가족사진을 찍으러 갔다. 사진사는 카메라 앵글 뒤에 서서 계속 웃어야 잘 나온다고, 웃는 얼굴이 예쁘다고 웃으라고 주문을 했다. 희한하게 하나, 둘, 셋 할 때 셋만 하면 이상하게 내가 눈을 감는다고 콕 찍어 말한다. 끝까지 눈을 깜박이지 않으려고 긴장하고 있다가도 내가 그 셋을 못 넘기고 있었다. 사진사가 주문하는 시간이 길어질수록 눈동자에 힘을 주고 있으려니 자연스레 카메라의 렌즈를 노려보게 되고 인상도 더 강렬해지는 것 같은데 말이다.

어쨌든 젊은 사진사는 찍어 놓은 사진을 컴퓨터에 옮겨 놓고 그중에서 제일 나은 것으로 고르는 작업에 돌입한다. 컴퓨터 화면으로 보는 우리 아이들은 세 명 다 입을 꼭 다물고 있었다. 평소에도 웃고 다니라고 해도 웃지 않더니 결국 사진 속에서도 마찬가지였다. ‘행여 웃음이 어색한 것보다는 웃음에 인색한 아이들은 아닐까?', '우리 아이들이 지금 행복하지 않은 건 아닐까?', '부모라고 아이들을 너무 옥죄었던 건 아니었을까?' 더 잘해주지 못한 미안함이 몰려왔다.

그때 막내가 포토샵 중인 화면 속의 사진 두 장을 번갈아 보여준다. "엄마, 어느 사진이 더 괜찮아 보여요? 우리는 웃으면 눈이 작아져서 일부러 안 웃는건데 사진사 아저씨는 자꾸만 웃으라고 하네요. 엄마는 어느 게 나아요?" 아! 그야말로 나 혼자 소설 쓰고 있었나 보다. 그렇게 말해주는 딸이 고마워 얼른 대답한다.

"둘 다 괜찮은데. 너희들 좋을 대로 해!"

유전자의 힘

　　오늘에서야 비로소 게놈 프로젝트의 유전자 고리 하나를 해독해 냈다. 딸아이가 초등학교 5학년 때, 1박 2일 일정으로 캠프를 갔다. 집을 떠나면 간식 먹는 재미가 있어야지 하면서 방울토마토를 봉지에 넣어주었다. 숙소에 가서 저녁에 친구들이랑 나눠 먹으라고 일러주었다. 마음 한편으로는 이번 기회에 내성적인 딸이 좀 달라지기를 기대하였다.

　이틀 뒤에 돌아와서 가방을 내려놓았다. 내가 기대하고 예상했던 것과는 달리 방울토마토 봉지가 구석에 웅크리고 있었다. 순간 욱하고 화가 치밀었다. 딸에 대한 내 마음이 그 봉지에 풀리지 않은 채 그대로 묶여 있는 듯했다. 같이 먹자는 그 말 한마디가 그렇게 어려웠냐! 처음에는 그것 때문에 화가 났고 시간이 지나면서 자책도 들었다. 소심한 딸의 입장에서는 엄마가 나눠 먹으라고는 했는데 꺼내 놓으려니 용기가 필요하고 자기 딴에는 얼마나 갈등했겠나 싶어서 오히려 미안한 마음이 올라왔다.

　이까짓 방울토마토가 뭐라고 싶어서 무심한 표정으로 "어, 방울토마토는 그대로네." 하고 말을 꺼내 놓았다. "다른 친구들은 아무도 안 갖고 왔는데 나만 꺼내 놓기가 좀 그랬어."라고 한다. 그 뒤에 따라오는 수많은 나의 생각을 한참 동안 쓸어 담았다. 내게는 없는 세상이 딸에게는 있는 것 같았다. 딸아! 넌 누구 닮은 거니?

　유월이 되면 시골 친정에서는 몸도 바쁘고 마음도 바쁘다. 과수원에서 일 년 키워 온 자두를 드디어 따내는 시기이기 때문이다. 주말에 일손을 도울 수 있을 것이라고 기대했으나 슬기로운 사위는 가장 바쁜 주말에 1박 2일로 대학 동기 모임에 가야 한다고 했다. 오래전 약속이라고 강조한다. 대신 나만 일찌감치 시골에 내려놓고 곧 출발할 기세다. 부모님은 사위에게 빈손으로 가지 말고 맛이라도 보게 몇 박스 가져가라며 제일 잘난 자두 박스를 안고 나오신다. 남편은 미안했는지 선뜻 받아 들지 못했다. 내가 보기에는 엄마, 아버지께 미안한 게 아니라 너무 큰 자두여서 미안해하는 것 같아 보였다. 이렇게 좋은 건 돈 해야지요! 라고 한다. 극구 사양하는 대신 "제가 챙겨가겠습니다." 하면서 밭에서 갓 따다 놓은 박스를 가볍게 든다. 최소한 자기 양심은 챙긴 것처럼 "이거 하나면 충분합니다." 하면서 번쩍 들고 나갔다.

　1박 2일이 지난 뒤 친구들과의 우정을 확인하고 남편은 집으로 돌아왔다. 문에 들어오면서 팔에 안고 들어온 건 그날 가져갔던 자두박스였다. 이게 뭐야? 사 왔어? 식구들이 의아해하며 물었다. "이야, 우리도 이제 늙기는 늙었나 보더라. 같이 차에 타고 가던 놈들이 맛을 보더니 새그럽다고 하면서 확 달려들지는 않더라구. 괜히 가져갔다가 먹지도 않고 천덕꾸러기가 되면 서로 불편하잖아. 그래서 아예 안 내렸어." 하며 내 눈치를 슬쩍 본다.

집에 있던 딸들이 그 자두 박스를 받아 내리면서 한 개를 베어 문다. 이게 신 건가? 난 나쁘지 않은데? 나만 그런가? 하면서 얼버무린다. 뒤따라 들어오던 남편도 하나를 먹어보더니 "이거는 안 시네." 한다. 나도 자두를 집어 들다가 불현듯 그날 갖고 간 자두는 푸른 색깔이 도는 자두였는데 돌아온 자두는 그날 본 그 자두가 아니라는 걸 깨달았다.

농부는 밭에서 좀 푸른 걸 따서 도매시장으로 올려보낸다. 벌써 익어 버린 것은 도매 시장에 올라가서 경매에 붙여 소매 시장으로 팔려나가고, 거기에서 일반 사람들이 사서 먹기까지는 최고로 맛있는 시간을 놓쳐버리는 셈이 되기 때문이다. 그날도 새벽에 밭에서 따다 놓은 자두를 갖고 갔기 때문에 이런 일이 일어난 것 같다. 농사를 지어보지 않은 남편은 이런 시간을 생각하지 못했다. 차에서 내리지 못한 자두는 1박 2일 동안 트렁크 안에서 서럽게 익어 갔던 것이다.

친정 식구들이 땀 흘리며 키워낸 자두가 시집가서 쫓겨 온 딸처럼 보여서 화도 나고 속이 상했다. 차라리 내 눈에는 안 보이게 밖에서 해결하고 들어와야지! 그걸 또 들고 오는 이유는 무얼까?

그 심리는 도대체 어떤 걸까? 아무 말도 하지 않고 무표정하게 그 자두를 내려다보니 자두가 내게 말을 건다. "난 그냥 자두가 아니에요. 자두 먹을 자격이 있어야 돼요." 라고 하는 것 같다

불현듯 딸아이가 옛날에 캠프 가서 도로 가지고 온 방울토마토가 떠올랐다. 혹시 이것도 유전이 되는 걸까? 그것 말고는 납득하기 어려웠다. 이번 자두 회귀 사건으로 게놈 프로젝트의 염기 서열 고리 하나가 풀린 것 같다.

바뀐 이름

간밤에 엄마가 설사를 만났다. 읍내 병원에 가서 링거를 맞고 오신 뒤 남의 집 며느리 흉보듯 은밀하게 일러주신 말씀이다.

간호사가 주삿바늘을 찌르는데 어찌나 아프게 하던지. 여기 쑤시고 저기 쑤시고 내가 우리 딸을 생각해서 속으로 꾹 참았다. 입으로 친절하면 뭐 하냐? 실력이 좋아야 인정을 받지. 그렇게 서너 번을 뺐다가 꽂았다 하며 씨름을 했다. 하다 하다 신경줄을 건드렸는지 손목 근처를 찌를 때는 화들짝 놀라서 나도 모르게 팔을 탁 밀쳤는데 간호사는 자기가 더 놀랐는지 소리를 지르며 "할머니! 그렇게 팔을 움직이면 어떻게 해요! 그러니까 더 아프지!"라고 하더구나. 무안하기도 하고 기분도 상했다. 그 간호사가 누구를 부르더니 응급실 문 앞에 뚱뚱한 젊은 남자가 왔다. 할머니 팔을 못 움직이게 꼭 잡아달라고 하더라. 기운도 없고 기분도 안 좋왔다.

그렇게 바늘을 꽂고 나니 링거 하나 침대 위에서 달랑거리더라. 드디어 할 걸 다 했는지 응급실 한쪽 구석에 침대째로 밀어다 놓고 가더라. 그제야 나도 한 시름이 놓이더구나. 그제야 응급실 안에서 온갖 사람들의 목소리가 다 지나가더라. 간밤에 화장실 들락거린다고 잠을 설친 탓에 내가 그 시끄러운 곳 안에서도 살짝 잠이 들긴 들었나 봐. 눈을 떠서 주변을 살펴보았다. 링거가 반쯤 들어간 것 같더라. 나머지를 다 맞아야지 집에 가겠구나 싶어서 그 링거에서 눈을 못 떼고 한 방울 한 방울 떨어질 때마다 이 생각 저 생각이 지나가더구나.

우연히 링거에 적힌 이름이 희미하게 눈에 들어왔다. 별생각없이 보다가 깜짝놀랐다. 내 이름이 아니더구나! 한 번 더 보고, 또 한 번 더 봐도 이상하다 싶었지. 잘못되었다는 걸 알게 됐다. 갑자기 숨이 막히더라고. 혹시 내가 잘못되는 거 아닐까 싶어 급하게 간호사를 불렀다. 그 못된 간호사가 샐쭉하게 왔더구나.

"내 성은 박 씨인데 왜 남의 성이 붙어 있느냐"고, 그 말이 떨어지기가 무섭게 몇 번이나 내 이름을 물어보고 간호사가 왔다 갔다 하다가 그 링거를 휙 걷어 가더라고.

조금 있으니 수간호사라고 하면서 찾아왔더구나. 온 지 얼마 안 된 간호사여서 실수한 것 같다고 하더라. 같은 포도당인데 이름을 잘못 적었다고 하면서 몸에는 이상 없을 거라고 했다. 나는 이미 믿음에 금이 갔지. 늙은이라고, 아무것도 모르는 할마시라고 또 얼렁뚱땅 넘어가려나 싶었지. 입 안에서 온갖 말이 맴돌더구나.

근데 우리 딸 생각이 나더구나. 우리 딸이 간호사만 아니었어도 가만 안 있었다. 혹시라도 우리 딸도 이럴 때가 안 있겠나. 그러면 자기 딴에는 얼마나 놀랄까 하는 생각이 들더라.

엄마는 네가 간호사라고 해도 그저 번듯한 직장에서 남 불쌍하게 생각할 줄 알고 주사나 놔주는 줄 알았다. 막상 내가 이리 되고 보니 딸 걱정이 태산이다. 칼 든 사람만 죽이는 게 아니더구나. 오늘 막상 당해보니 아직도 가슴이 벌렁거린다. 그때 엄마, 아버지가 괜히 간호사 되라고 했나 싶다. 우리 딸이 하루라도 마음 편한 날이 있었겠나 싶어서 내가 눈물이 쏟아지더라.

그 간호사한테는 "내가 우리 딸 생각해서 참는 거다." 한마디 하고는 넘어가 주었다. 다음 장날에 약 타러 갔더니 수간호사가 그러더군. 다음부터는 절대로 그런 실수 하지 않도록 교육을 단단히 했다고. 그 간호사는 보이지 않더구나. 뒤돌아 나오면서 묻지는 않았지만, 십중팔구는 잘렸을 것 같아서 그것도 마음이 무겁더구나. 엄마의 이야기가 나를 무겁게 했다.

내가 근무하는 투석실에 한 할머니가 투석을 받기 시작했다. 얼마나 빠짝 말랐는지 손목을 잡아보면 한 줌도 채 안 된다. 우리 엄마도 이렇게 말랐는데. 게다가 자식들 이야기 나오면 자랑이 끝이 없다. 옆의 사람이 그만하라고 말을 자르기 전까지는 꿋꿋하게 하던 말은 다 하신다.

"그년들이 일 년에 몇 번 와 보지도 안 하고 전화질만 자꾸 한다. 자기들 딴에는 혹시라도 내가 간밤에 홀쩍 저세상 갔는지 안 갔는지 그게 궁금했던 거지!" 늘 이런 식이다. 언제나 욕처럼 시작하는데 듣고 보면 자랑하는 거였다. 그 할머니 안에서 엄마의 모습을 발견하기도 하고, 어디 가서 우리 엄마도 이렇게 눈치 없이 자랑하고 다니는 건 아니겠지, 하는 생각에 무슨 말이든 다 들어주고 싶은 할머니다.

한번은 할머니가 "지금 쓰는 내 이름은 내 이름이 아니다."라며 커밍아웃을 한다. "진짜 이름은 영순이가 아니라 경순이다." 영순이는 자기보다 두 살 많은 언니 이름이고 주민 등록 번호도 다 그 죽은 언니 것이라고 했다. 본인은 출생신고도 하기 전에 언니가 열병으로 죽었고 정신없는 아버지는 나를 그냥 내버려 둬서 호적도 없이 모르고 살았다. 내가 학교 갈 때가 되었는데 죽은 언니는 그대로 있고 나는 호적이 없는 기라. 하는 수 없이 내가 언니 이름을 쓰게 되었다. 집에서 경순이라 불렀는데 학교에 가면 영순이 되어버린 거더라.

내가 영순이가 안 되면 학교에 못 간다고 하더라고. 친구들은 다 학교에 가는데 나도 가고 싶어서 그러기로 했지. 근데 내가 영순이가 되었는데도 아무 일도 일어나지 않았지. 집에서나 친구들은 여전히 나를 경순이라고 불러주어서 사는 데는 지장 없더라고. 가끔 누가 부르면 한 박자 놓치기도 했다. 나 말고도 학교에는 자기 나이, 자기 이름과 다른 아이들이 몇 명 더 있었거든. 하면서 옛날이야기를 해주었다.

"이제 부모님은 돌아가셔서 아마 70년 넘게까지 어릴 때 죽은 언니를 기억하고 있는 사람은 동생분 혼자밖에 없는 거네요. 저 세상에서 언니가 미안해하고 고마워할 것 같아요. 뭐 덕 본 일은 없어요?" 했더니 동사무소에서 돈 타먹는 게 있는데 진짜 나이로 치면 해당이 안 되지만 호적 나이로 하니까 되는가 보더라. 벌써 오륙 년 되어가는 일이다. 하며 회상에 잠긴다. 귀 가까이 가서 속삭였다. "사실 나이보다 훨씬 젊어 보입니다. 덕 보고 사시는 겁니다."

곽경옥 수필집
『예, 여기 있습니다』에 부쳐

박기옥 수필가

펼치기

곽경옥의 첫 산문집 『예, 여기 있습니다』를 펼친다. "예, 여기 있습니다."라는 말은 가톨릭에서 신앙을 증거하는 말로, 창세기 때 하느님의 부르심에 아브라함이 응답하는 데서 나온 말이다. 한때 수녀가 되고자 했던 작가의 내면세계가 드러나는 주제라 할 수 있겠다.

작가는 농부인 부모님 손을 떠나 37년간 간호사의 길을 걸어온 의지의 한국인이다. 한국에서는 졸업 후 줄곧 대학병원에서 일했고, 3년 동안 사우디아라비아에서도 일했다. 태어나서 간호사 말고는 다른 직업을 가져본 적이 없다. 운명이었던가, 사명감이었던가. 그는 알 수 없다고 말한다. 간호사로 일하는 게 적성에 맞느냐는 질문을 받을 때마다 그 말이 사치스럽게 들렸을 뿐이었다. 그는 스스로 '이끄시는 분'에 의해 간호사로 선택되었을 뿐이라고 말한다. 책은 '믿음', '소망', '사랑'으로 나누어져 있다.

1. 믿음

마산에서 고등학교를 졸업한 후, 작가는 집에 있었다. 이미 마산으로 유학을 다녀왔기에, 집안 형편상 작가에게 주어진 카드는 다 써버린 셈이었다. 전기 대학 원서 마감일이 코앞으로 바싹 가까워지고 있었다. 하루하루 절망하며 대학 놀이를 하다가 어느 날 아침 자고 일어나서 보니 원서 마감 날짜가 훅 지나 버렸다. 이제는 더 이상 돌이킬 수가 없다. 왜 시간은 소리도 없이 지나가는가! 아침 햇살마저도 무심했다. 시간은 시치미를 뗀 채 어제처럼 아무 일도 일어나지 않은 듯 유유히 흘러가고 있었다. 가슴에 구멍이 뚫려 있는지 찬바람이 일었다. 자꾸만 으슬으슬 추워지고 몸이 가라앉았다. 마당으로 나가 오랫동안 눈물로 세수를 했다. 엄마가 말씀하신다.

"너도 한번 생각해 봐라. 아버지는 허리가 아파서 직장도 그만두고 식구 넷이서 복숭아밭 하나에만 매달려 사는데 복숭아가 일 년 열두 달 열리는 것도 아니고 돈 나올 데라고는 없는데 또 어디 가서 빚을 내겠니! 일 년 농사지어서 밀렸던 빚 갚고 나면 또 빚이고, 너희 넷은 돈 들어갈 데는 많고, 엄두가 안 난다." 또 빚 이야기다. 빚은 무겁고 앞을 가리고 발목을 붙잡는다. 엄마의 빚 타령이 시작되면 나중에는 하도 많이 들어서 어떨 때는 빛으로 들리기도 했다.

- 「빚이라 하는데 왜 빛으로 들리는가」에서

작가는 그 빚의 무게를 이해할 만큼 세상을 알지 못했다. 그냥 고난도 수학 문제 정도로 받아들였다. 지금은 단지 그 공식을 몰라서 골머리가 아픈 것이라 풀어내기만 하면 될 것 같았다. 밥맛도 살맛도 없던 참에 부산 이모의 권유로 간호대학을 지원하게 되었을 때 그것은 선택이라 할 수 없었다. 운명이었다. 2년제인 줄 알았던 간호학과가 3년제임이 밝혀졌을 때도 작가는 실망하지 않았다. 성당에 가서 기도했다.

'예수님! 엄마, 아버지가 모르게 그냥 좀 지나가게 해 주세요! 저도 효도 한번 해 보고 싶어요. 그게 정 싫으시다면 간호 대학이 2년제가 되게 해주세요!'

작가는 씩씩하게 말한다. 신들이 협상을 하는 동안 사람들이 말하는 '그까짓 전문 대학'을 '서울대 법대'만큼 어렵게 들어갔고, 간호사가 되어 나왔다.

작가의 믿음이 돋보이는 부분이다. 그는 자신을 믿었고 삶을 믿었다. 그의 믿음은 곳곳에 숨어 있다. 사회적 소재의 「나는 정의, 남들은 오지랖」을 보자.

시외버스 안에서 일어난 일이다. 20대 후반으로 보이는 덩치 좋은 남자 두 명이 작가의 바로 앞자리에 앉았다. 앉자마자 마스크를 내리고 들고 온 커피를 쭉쭉 소리 내며 빨아 당겼다. 작가는 슬그머니 일어나 버스 기사한테로 갔다. 버스 안에서는 마스크를 다 올리고 가도록 부탁하고 자리로 돌아올 생각이었는데 기사가 벌떡 일어나서 큰 소리로 "어이, 젊은 양반. 마스크 올리세요." 소리 질렀다. 입장이 거북했다. 가는 내내 사람의 뒤통수도 말을 한다는 걸 그날 처음 알았다고 작가는 능청스럽게 말한다. 덧붙여서 작가는 "남편은 이런 나를 오지랖이라 말하지만 나를 나일 수 있도록 하는 내 삶의 가치가 정의인 것 또한 사실이다."라고 일침을 가한다.

이런 작가에게 결정적인 믿음을 주는 사건이 발생했다. 작가가 '설 명절 대통령 선물 받으실 분'으로 선정되었다는 소식이 날아든 것이었다. 청와대가 코로나로 고생한 의료인들을 대상으로 준비한 것이었다. 가족들이 난리가 났다. 받은 선물을 거의 한 시간 동안 뜯어보지도 못하고 이리 보고 저리 보고 세워보고 눕혀보고 폰으로 찍어 확대도 해봤다. 남편은 이런 건 대를 이어서 봐야 하는 거니까 박스째로 박제를 해 놓자고도 했다. 작가는 그동안의 수고를 병원에서 인정認定해 준 것으로 이 선물을 이해했다. 그것으로 되었다.

아이들 틈에 앉아 계시던 아버지께서 대박을 터트리셨다. 아버지는 "이 귀한 걸 우리 홍 서방이 받았구나!" 하시며 당겨 앉으셨다. 모두가 웃었다. 홍 서방 얼굴이 벌게졌다. "장인어른! 제가 아니고 지수 엄마가 받은 겁니다." 엄마가 얼른 아버지 귀에다 대고 "아이고, 이 양반아. 사위가 아니라 당신 딸이 받은 거라고 안 합니까?" 하며 선물을 아버지 앞으로 당겨놓으셨다. 하긴 이 정도 급이면 남편처럼 교장선생님 정도는 되어야 받을 수 있는 거라고 생각하신 모양이다.

　"어허, 그래!" 잠시 민망해하시면서 찬찬히 하나하나 꺼내 보시고 대통령 편지도 읽어 보시던 아버지께서 혼잣말씀을 나직하게 하셨다. "음, 우리 딸이 얼마나 고생을 했으면 이런 걸 다 받아 왔겠노." 그 말씀을 아버지 등 뒤에서 내가 들었다. 갑자기 목이 뻣뻣해졌다. 감춰진 생채기가 확 올라왔다. 가족한테는 들키고 싶지 않았던 마지막 자존심이었는데, 무장 해제되어 버렸다. 우리 아버지한테 들켜 버렸다. 그 선물이 나의 피땀이라는 걸! 아, 아버지! 세상 사람 다 몰라도 내 마음 알아주는 사람 있으니 그것으로 되었다. 그것으로 충분하다. 청와대 선물보다 아버지의 그 말씀이 더 좋았다.

- 「그것으로 되었다」에서

2. 소망

　곽경옥의 수필은 터치가 거칠다. 목소리로 치면 허스키에 가깝다. 그런가 하면 온기가 있다. 내치는 듯하지만 당기는 맛이 있다. '소망'은 병원에서 일어난 일로 꾸며져 있다. 특이한 것은 사우디아라비아 리야드 병원에서의 체험이다.
　스물다섯, 스물여섯, 스물일곱! 그 3년 동안 작가는 뜨거운 사막의 나라 사우디아라비아에 있었다. 작가의 인생에서 가장 빛나는 때였다. 해외 근무라고는 하지만 이미 10여 년 전부터 선배들이 길을 잘 닦아 놓은 곳이었다. 메디컬 센터에서 근무하게 되어 적응에 큰 어려움은 없었다. 의료 시스템도 한국과 비슷했고, 영어 실력도 6개월 정도 고생하고 나니 필리핀 간호사와 싸워서 이길 정도가 되었다. 무엇보다 보수가 한국의 3배 정도였다.

작가는 사우디아라비아에서 다양한 사람을 만나고 경험도 쌓았다. 영어가 유창하여 사우디아라비아 찍고 미국 간호사 면허시험 보겠다던 친구도 있었다. 그 친구와는 3년 뒤에 한국에 돌아와서 함께 수녀원 문 앞까지 갔다가 그 친구만 수녀가 되고 작가는 한 달 뒤 결혼식장으로 가게 되었다고 고백한다.

광주 출신으로 운동권에 있다가 직장에서 권고사직을 당하는 바람에 사우디아라비아까지 오게 된 선배와 연말 연극제에 참가한 이야기도 있다. 선배는 쇠사슬을 온몸에 걸치고 사슬에서 벗어나는 투사 역할을 맡고 자신은 고뇌에 찬 음유시인 역할을 맡았다고 회상한다. 작가에게 사우디아라비아에서의 체험은 지금껏 살아온 좁은 세계를 벗어나 삶의 스펙트럼을 넓힐 수 있는 계기가 되었을는지도 모른다.

사우디아라비아라는 나라에서 나는 코끼리 다리만 만지다가 온 것 같다는 생각이 들었다. 기숙사와 병원을 전전하고 간호사로서만 살았기 때문에 사우디아라비아의 진면목은 알지 못한다. 그럼에도 사우디아라비아에서의 3년은 내 인생에서 가장 뜨거운 체험이었다. 3년 동

239

안 사우디아라비아에서 만난 한 사람 한 사람 모두가 내 청춘의 증인이며 나의 지적 재산이며 나를 성장시켜 준 동력이다. 그들은 팔자가 센 사람들이 아니라 책임감이 강한 사람들이었으며 자신의 삶을 깊게 들여다보며 사는 사람들이었다. 지금도 사람들이 묻는다. 어떻게 거길 갈 생각을 다 했어요? 나는 그저 씨익 웃어준다. 그게 내 답이다.

- 「사우디아라비아에서 만난 사람들」에서

　귀국 후 수간호사가 되어서는 혈액 투석실의 경험을 기록했다. 우리 삶의 어두운 부분이다. 「말, 말, 말」을 보자. 투석실의 환자와 보호자 사이에 오고 가는 말들이다.

　"투석 받는 환자들은 고혈압약을 죽을 때까지 먹어야 합니까?"

　환자복을 입은 할아버지 등 뒤에서 보호자인 할머니가 간호사인 작가에게 묻는다. '죽을 때까지'를 강조하는 질문이다. '죽을 때까지'는 환자뿐 아니라 보호자와도 관련이 있다. 대답도 듣기 전에 할머니는 할아버지 입 안에 약을 털어 넣고 난 뒤 물컵을 입에 바짝 갖다 댄다. 물이 턱을 타고 줄줄 흘러내린다. 할아버지는 물을 흘리고 할머니는 주워 담지도 못할 험한 말들을 흘린다. 환자에게나 보호자에게나 생채기를 긁는 말들이다.

　70대의 할머니 한 분이 투석을 시작한 지 얼마 되지 않았을 때다. 헛구역질을 하고 식사를 못 했다. 옆에 있던 선배 투석 환자가 제사 음식이 맵지도 않고 간도 심심하여 먹을 만하다고 권한다. 작가도 옆에서 함께 권하다 보니 환자가 행여 죽어서 귀신 되어 먹는 제삿밥을 떠올릴까 봐 간이 쪼그라들었다고 쓰고 있다. 「말, 말, 말」은 보호자가 당면한 절망에 비례하여 환자에게 쏟아 놓는 폭력적인 말들을 지적하고 있다. 생과 사의 슬픔과 고통에 찬 언어들이다.

이번에는 작가의 신앙을 들여다보자. 작가는 독실한 가톨릭 신자이다. 그의 수필 곳곳에는 신앙이 녹아 있다. 수필집의 주제가 되는 「예, 여기 있습니다」가 이를 증명한다.

작가는 제주도의 이시돌 삼위일체 대성당에서 거행된 사제서품식을 그리고 있다. 숨소리가 거칠고 몸이 불편해 보이는 신부님에게 의자를 권하고, 미사 중 강당 중앙에 있는 미사 제대를 가리며 계속 부스럭거리고 꼼지락거리는 여자에게 자리를 내주는 천사를 보며 자신의 신앙을 되돌아본다. 작가는 자리를 양보한 사람이 미사 정적을 깬 것이 아니라 작가의 굳은 사고의 틀을 깬 것으로 이해한다. 조용히 할 때까지 모른 척하는 미온적인 태도나 방관보다는 기꺼이 자기 자리를 내어주는 것이 신앙이라고 말하는 것 같았다.

사제서품식에서는 교구장께서 새 사제가 되려는 사람들 한 명 한 명을 차례대로 이름과 세례명을 불렀다. 사제는 짧고 단호한 목소리로 "예, 여기 있습니다."라고 대답했다. 그 말 한마디에 모든 게 다 담겨있는 듯했다. 같은 시간, 같은 공간에서 제대 위의 새 사제들은 이제 교회에서 세상으로 파견되고 있었고, 강당 뒷자리에서는 신앙인으로 산다는 게 어떤 건지 보여주고 있었다. 작가는 고백한다.

한때 수녀를 꿈꾸었으나, 수녀가 되지 않았다고 신앙이 변하는 건 아니다. 인간으로서든 부모로서든 나의 부족함이 신앙 안에서 채워지기를 바라는 마음이다. 우리 아이들이 만나는 삶의 현장에서, 내가 찾고 있던 천사는 날개 달린 천사가 아니었다. 누구나 천사가 될 수 있다는 말을 해 주고 싶었다. 세상에 나가 누군가의 천사가 되어주고 또 천사를 만나기를 바란다.

"너 어디 있었니?" 나의 신께서 물을 때, 오늘은 나보다도 자리를 내어준 사람이 먼저 "예, 저 여기 있습니다." 하고 말할 것 같았다.

- 「예, 여기 있습니다」에서

3. 사랑

곽경옥의 수필에는 무엇보다 가족에 대한 사랑이 진하게 배어 있다. 태생적인 사랑이다. 수필집 '사랑'에는 농사일을 하는 부모님과 형제들, 그리고 삶에 골몰하여 충분히 돌보지 못한 자신의 가족들을 질펀하게 그리고 있다. 「서울대를 못 간 이유」를 보자.

242

올해 조카가 서울대를 들어갔다. 명절에 식구들이 다 모인 자리에서 그의 아버지인 남동생이 서울대를 못 간 비하인드 스토리가 나왔다. 동생은 고등학교 2학년 여름방학 때 캠핑장에서 머리를 다쳐 기억력에 문제가 생긴 사실을 털어놓았고, 작가는 동생을 업고 개울을 건너다가 물에 빠뜨린 일을 실토한다.

클라이맥스는 엄마의 아픈 기억이다. 날만 새면 들에 일하러 나갔다가 어둑해서야 집에 들어와 아들을 돌볼 틈이 없었다. 그날도 엄마는 들에 갔다가 집에 와서 젖부터 물리는데 아이의 몸이 불덩이 같았다. 겁이 덜컥 났다. 아이를 눕혀 놓고 바늘을 찾아와 여기저기 따기 시작했다. 바늘을 찌르는데도 찌를 때 그때만 모기만 한 소리로 울다가 이내 그쳤다. 동네 어르신이 다 죽어 가는 사람도 살렸다는 침쟁이한테 찾아가 보라고 알려줬다. 해는 다 저물어가고 막차도 끊겨 급한 마음으로 아들을 업고서 무작정 찾아 나섰다. 간신히 묻고 물어 용하다던 그 집을 찾아냈다. 머리에 비녀를 꽂은 침쟁이가 아이의 옷을 벗기더니 손가락만 한 침을 꺼내어 머리부터 발끝까지 열두 군데도 넘게 땄다. 소용이 없었다. "웬만해서는 다 돌아오는데 아무래도 안 돌아올란갑다." 하면서 말꼬리를 흐렸다.

거의 죽은 아들을 업고 버스를 탔는데 맞은편에 앉은 중절모를 쓴 노인 하나가 "아이고, 젊은 사람이 어찌 아이를 이래 가지고 다니노! 빨리 병원 데리고 가야지." 하며 나무랐다. 그때까지 엄마는 병원이라고는 한 번도 안 가봤다. 병원 가볼 생각은 꿈에도 못 해 봤다.

허둥지둥 현풍에 있는 의원에 갔더니 늙은 의사가 아이를 가만히 눕혀 놓고 청진기를 이리 대보고 저리 대보았다. 아이는 전신이 바늘에 찔린 흔적으로 시퍼러둥둥했다. 의사가 가만히 지켜보더니 아무 말 없이 컵에다 물을 떠 와서는 숟가락으로 아이의 입술에 한 방울 떨어뜨려 보고 또 떨어뜨려 보았다. 아이의 입술이 떨리는 것처럼 움직이더니 목젖이 힘겹게 물을 받아넘기는 게 보였다. 의사가 말했다. "아이고, 이 녀석 명줄도 길다. 이틀 동안 물 한 방울 안 먹고도 잘 버텨주었네." 엄마는 눈물을 훔치면서 당시를 회상한다.

거짓말같이 물 한 숟가락을 다 먹고 나니 네 몸이 꼼지락거리더라. "아이고, 세상에 우리가 널 죽일 뻔했네. 굶겨서 죽일 뻔했구나. 기운이 없어 축 늘어져 있는 널 그것도 모르고 기절했다고 대침만 온몸에 찔러댔으니." 지금 생각해도 참 미안하고 미안하구나. 그때 그 아들이 벌써 이렇게 커버렸구나. 누가 뭐라 해도 그때 그 일만 없었으면 너는 분명 서울대를 가고도 남았을 거다! 이 엄마가 장담한다.

- 「서울대를 못 간 이유」에서

덮기

『예, 여기 있습니다』를 덮는다. 한 편의 영화를 보듯 산문집 한 권을 다 읽었다. 울어야 할지 웃어야 할지 모를 팩트들이다. 옆에 있으면 손이라도 잡고 싶다.

곽경옥의 산문은 진솔하다. 구차스럽지가 않다. 당당하다. 자신의 이야기를 이토록 꾸밈없이 말할 수 있는 작가는 흔치 않다. 꿋꿋하게, 정직하게 살아왔음에 대한 자긍심이리라.

독자는 곽경옥의 산문에 동참하여 자신의 삶을 돌아보게 될 것이다. 고개를 끄덕이며, 더러는 가슴을 쓸어내리다가, 한숨 쉬다가, 끝내는 어깨를 쫙악 펴게 될 것이다. 정진을 기대한다.

예, 여기 있습니다

1판 1쇄 발행 | 2022년 12월 20일
1판 2쇄 발행 | 2023년 01월 10일

지은이 | 곽경옥
펴낸이 | 신중현
펴낸곳 | 도서출판학이사

출판등록 : 제25100-2005-28호
주소 : 대구광역시 달서구 문화회관11안길 22-1(장동)
전화 : (053) 554~3431, 3432
팩스 : (053) 554~3433
홈페이지 : http:// www.학이사.kr
전자우편 : hes3431@naver.com

ISBN _ 979-11-5854-400-3 03810